クリスマスの朝に

マージェリー・アリンガム

小学校時代の同級生ピーターズが病死したことを知ったわたし，アルバート・キャンピオン。卑劣ないじめっ子だったあの豚野郎《ピッグ》が早死にしたら葬儀にはぜったい出てやる──かねて決めていたとおり葬儀に出席してから半年後のこと。事件の捜査に協力を求められたわたしは，警察署で目にした死体に驚愕する！　本邦初訳の傑作「今は亡き豚野郎《ピッグ》の事件」のほか，十数年後の同じ地域が舞台の名作「クリスマスの朝に」，アガサ・クリスティの著者への心温まる追悼文を併録。英国ミステリの女王の力量をご堪能あれ。

クリスマスの朝に

キャンピオン氏の事件簿III

マージェリー・アリンガム

猪　俣　美　江　子　訳

創元推理文庫

ON CHRISTMAS DAY IN THE MORNING
AND OTHER WRITINGS

by

Margery Allingham

目次

クリスマスの朝に

キャンピオン氏の事件簿Ⅲ

今は亡き豚野郎《ピッグ》の事件

The Case of the Late Pig

マルコム・ジョンソン氏へ
アルバート・キャンピオンより

第一章　葬儀への型破りな招待状

つねづね考えているのだが、自伝的な記述をするさいに肝要なのは、下手な謙遜《けんそん》で話を台なしにしないことだろう。これはこのわたし、アルバート・キャンピオンの冒険譚《たん》であり、わたしがその冒険にさいしてまずまずあっぱれな活躍をしたことは疑う余地もない。とはいえ親愛なるラッグともども、あやうく殺されかけたのは事実で、今でもそれを考えるたびに、耳元で天上のハープの五重奏が鳴り響く。

話は、わたしがベッドで朝食をとっている場面ではじまる。しばらくまえにパウン卿の近侍《きんじ》が朗読のレッスンを受け、以来、ご主人様がナッツとミルクの味気ない朝食をとるあいだ、かたわらで《タイムズ》紙を読みあげるようになっていた。

きわめて多才なくせに、どこか間抜けなラッグは、紳士の従者たちが集うメイフェアの横丁のパブでくだんの近侍と出会い、たちまち自分もそれをまねてみる気になった。といっても、ラッグは朗読のレッスンなど受けてはいない。少なくとも、エドワード七世の御世《みよ》（一九〇一―一〇年）に少年院を出てからは、そんな機会はなかったはずだ。なにしろ、わたしの従僕になったときには、度胸と才覚の使い道を誤ったせいで、膨大な前科を持つ仮釈放者の身だったのだから。その彼が今や、わたしの食事中に――こちらが好むと好まざるとにかかわらず――《タイムズ》紙を読みあげようというわけだ。

ただし、文学づいた記事は趣味に合わないとかで、読むのはこの大新聞の中で唯一、彼の心に訴えかける記事――死亡欄である。

「ええと、ピーターズ……」襟《えり》なしのシャツ一枚という軽装のラッグは、馬鹿でかい図体で朝の光をさえぎりつつ読みあげた。「誰かピーターズって名前のやつを知ってますか、旦那？」

わたしはその日の郵便物の中でとりわけ興味を惹かれた、やけに美文調の、署名のない手紙に目を通しており、ラッグの言葉などろくに聞いていなかった。彼はすぐさま苛立《いらだ》たしげに新聞を下におろし、

「答えてもらえませんかね」と哀れっぽく訴えた。「あっしがこの場に少しは風格を添えようとしたところで、旦那が協力してくれなきゃ何になるんです？　タークさんの話じゃ、あっちのご主人様はいつも朗読にじっと聴き入るそうですぜ。食べ物は残らず四十回ずつ噛んでから呑み込むうえに、読みあげられてることには残らず注意を払うとか」

「そうだろうとも」わたしは上の空で答えた。例の手紙にすっかり心を奪われていたのだ。どう見ても、よくある匿名の下卑《げび》たしろものではない。

「ピーターズ――R・I・ピーターズ、享年三十七。短期の闘病ののち、九日木曜日にテザリングにて死去。葬儀は土曜日午後二時三十分より、テザリング教区教会にて。弔花は辞退。これにて、ご友人一同への通知に代えさせていただきます」

　ラッグが効果満点の恐ろしげな声で読みあげた。

　その名前がわたしの注意を惹いた。

「ピーターズ？」興味津々で手紙から目をあげ、「R・I・ピーターズ……豚野郎《ピッグ》ピーターズじゃないか！　そこにそう書いてあるのか？」

「いやはや」ラッグはうんざりしたように新聞を投げ出した。「まったく、旦那は知性のかけらもない間抜けだね。だから〝短期の闘病ののち〟って、何度も言ってるでしょうが。知り合いですかい？」

「いや」わたしは用心深く答えた。「かならずしもそうじゃない。今はもう」

大きな真っ白い満月のようなラッグの顔に、崇高ならざる表情が浮かんだ。

「ははあ、バート」シャツの首元にあごをたくし込み、したり顔で言う。「やっこさんは、あっしらほど上等な人間じゃないってわけですね？」

ラッグを改心させるのが不可能なのはわかっているが、ときには黙って聞き流せないこともある。

「ぜんぜん上等どころじゃない」わたしは威厳を込めて言った。「それに、〝バート〟と呼ぶのはやめろ」

「いいでしょう」ラッグは度量を示した。「そういうことなら、もうやめます。世間的にはアルバート・キャンピオン氏、あっしにとっちゃアルバートの旦那ってことだ。で、ここに出てるそのピーターズってやつは何者なんです？」

「子供時代の知り合いさ。ぼくらはボトルフズ・アビー校で一緒の可愛らしい、うぶな、世間知らずの少年だった。豚野郎ピーターズはぼくがやつの奴隷だってことを示すために、こっちの胸の皮膚を三インチ四方も錆《さ》びたペンナイフで剝がしたんだよ。それで吐き気がするほど泣いたあと、やつの腹を蹴飛ばしてやったら、今度は気絶するまで、火のついてないガスの噴射口の上に押さえつけられた」

ラッグはショックを受けていた。

「あっしらの学寮じゃ、そんなまねは許されませんでしたぜ」彼は高潔ぶった口調で言った。

「それが国家による統制の恐ろしいところさ」あまり非情に聞こえないように、やんわり指摘してやった。「とにかく、一酸化炭素中毒で保健室に送られたあの日からこのかたピーターズには会っていないが、あのとき、おまえの葬式にはかならず行くと言ってやったんだ」

ラッグはがぜん興味を示した。

「それじゃ喪服を出しときます」とやけに協力的に言い、「あっしは葬式が好きなんですよ——とくに旦那の知り合いの葬式がね」

こちらはろくに聞いていなかった。すでに手紙に注意をもどしていたのだ。


なにゆえ彼が死なねばならないのか？　若い身空で。

もっと旅立ちにふさわしい者が星の数ほどいるものを。

「ピーターズ、ピーターズ」と天使が呼ばわる。

「ピーターズ、ピエトロ、ピエロよ、来るがよい」と。

なぜ？　なにゆえ彼はその声に従わねばならないのだ？

あれほど強く、何の用意もなかった者が、なにゆえ逝《ゆ》かねばならないのか？

地を掘る鼻は血に染まり、ただいたずらに時がすぎゆく。

それでも、モグラは退《しりぞ》く気にはなれない——いまだ十一時にもならぬのだ。


それはこうした手紙の例にもれず、ごく普通の薄っぺらい大判の紙にタイプライターでしたためられていた。だが綴《つづ》りに誤りがなく、句読点もきっちり打たれている点は、わたしの知るかぎり異例のことだった。そこでラッグに見せてみた。

彼は苦心して最後まで読み終えると、うっとりするほどきっぱり意見を述べた。

「祈禱《きとう》書の一節です。ガキのころに暗記させられた憶えがある」

「馬鹿らしい」わたしは穏やかに応じたが、ラッグはさっと顔を赤らめ、小さな黒い目で食い入るようにわたしを見つめた。

「なら嘘つき呼ばわりすればいい」喧嘩腰の口調だった。「さあ、あっしが嘘つきだっていうんなら、ちょっとばかし言わせてもらいますぜ」

こんなふうになったときの彼のことはわかっている。過去の経験からして、この手の理屈をこねはじめたら、頑として譲らないのは目に見えていた。

「いいだろう」とわたし。「で、これはどういう意味なんだ？」

「意味はありません」ラッグはさっきと同じぐらいきっぱりと答えた。

べつの線から攻めてみた。

「じゃあ使用されたタイプの機種は？」

すぐさま有用な答えが返ってきた。

「ロイヤル社のポータブルで、新品かそれに近いやつ。これといった特徴はなし。大文字のEのキーにいたるまで、旦那が食べ残したそのタラみたいに新鮮で、傷ひとつありません。紙のほうは、ごく普通のロール式――そこらじゅうで山と売ってるやつですよ。封筒を見てみましょう。ええと、ロンドン、西中央《W.C.》の一」しばし間《ま》を置き、ラッグは続けた。「おなじみの市内中心部の消印だ。みえみえじゃないですか。住所は電話帳で調べたんですよ。暖炉に投げ込んじまうんですな」

わたしはまだ手紙を握りしめていた。《タイムズ》紙の告知と考え合わせると、あきらかにいくつか興味深い点があるように思えたのだ。

ラッグはせせら笑った。

「旦那みたいにしじゅう世間の話題になってる御仁《ごじん》には、匿名の手紙が届くもんですよ」非難がましい響きがしだいにあらわになるのもかまわず、彼は続けた。「あくまで素人の立場でやってるうちは、まだ目立ちませんでしたがね。今の旦那はデカと一緒に駆けずりまわり、血なまぐさい事件と見りゃあ鼻を突っ込んで、派手に話題をふりまいてる。こんな調子じゃ、じきにおもての階段に女たちがすわり込み、あとで刺《し》繍《しゅう》できるように枕カバーに自分の名前を書いてもらおうと列をなしますぜ。どうしてお上品な区域に静かな部屋のひとつも借りて、爵位のある親戚がぽっくりいくのをポーカーでもしながら待てないんです？　それが紳士ってもんでしょうが」

「おまえが女で料理上手なら、結婚してもらうところだよ」わたしはずけずけと言った。「芝居に出てくるガミガミ女房そのものだからな」

聞くなり、ラッグは口をつぐんだ。立ちあがってよたよた部屋から出てゆく姿は、もったいぶった嫌悪を絵に描いたようだった。

わたしは朝食を終えるとふたたび例の手紙に目を通したが、その文面は相変わらずちんぷんかんぷんだった。次に《タイムズ》紙の死亡欄を読んでみた。

R・I・ピーターズ……やはり豚野郎《ピッグ》にちがいない。年齢も合っている。彼は何とか自分のことを〝放蕩者《リップ》〟と呼ばせようと、わたしたちを蹴飛ばしまくったものだった。当時の仲間たち——ガフィ・ランドールとわたしとロフティ、それに二、三の少年たちが思い出された。わたしはなめらかな白っぽい髪をした、出目の小ぎれいな子供。ガフィは十歳と三か月という年齢にしてはたくましい少年で、かたや、今では必要以上の見あげた熱意で貴族院議員の座を死守しているロフティは、小さなバクとそこらの子豚の中間といったところだ。

当時のわたしたちの人生において、豚野郎ピーターズは忌むべきものの象徴だった。〈不正〉や〈悪魔〉、〈ラテン語の課題〉に匹敵するものだ。わたしの大事なコレクション――葉脈だけがレース状に残った枯葉の束――を年少組自習室の暖炉にくべられたときには、本気で彼の死を願ったものである。この朝、記憶の底に埋もれていたその一件を思い出したわたしは、今でも同じ気持ちなのに気づいていささかぎょっとした。

しかも《タイムズ》紙によれば、彼はじっさい亡き身となったようではないか。その発見にわたしは嬉々とした。十二歳のころの豚野郎は、真っ赤な髪と砂色のまつ毛をした胸糞悪いデブだったが、それは三十七歳になった今も変わらなかったにちがいない。

そんなことを考えているあいだも、外の部屋ではぜいぜい息をする音がしていたが、やがてドアの向こうからラッグが首を突き出した。

「ねえ、旦那」すべてが水に流されたことを示す、おずおずとした親しげな口調だ。「ちょいと地図を調べてみたんですがね。テザリングとやらはどこにあると思います？　キープセイク村のほんの二マイル西だ。行きますかい？」

たぶん、それでわたしは心を決めたのだ。キープセイクの村はずれにある〈高潮邸《ハイウォーターズ》〉には、陸軍大佐のサー・レオ・パースウィヴァントが住んでいる。地元の警察本部長を務める、じつにすてきな人物だ。彼の一人娘のジャネット・パースウィヴァントにも――いろいろ誤解があったとはいえ――いまだに好意を抱いている。

「よし」わたしは言った。「帰りに〈高潮邸〉に立ち寄るとしよう」

ラッグは全面的に同意した。このまえあそこを訪ねたとき、美味《うま》い自家製の燻製《くんせい》ニシンを出されたのだという。

わたしたちは盛装して旅立った。手持ちのいちばん平たい山高帽をかぶったラッグは私服刑事に変装した殺し屋みたいだったが、わたしのほうは目を見張るほどパリッと決めていた。

だが、テザリングはお祭り気分には向かない場所だった。三平方マイルのヤナギだらけの湿地に囲まれた丘の農地の一角に、五軒のコテージとやや大きい一軒の家、それに古びた教会が立ち、ぬかるんだ川床にすべり落ちまいと身を寄せ合っている――

そんな光景を思い描けば、かなり正確にテザリングのイメージをつかめるだろう。

教会の墓地は草木がのび放題で、わたしたちが目にした晩冬の時点では、ふやけたノラニンジンにびっしりおおわれていた。豚野郎に憐《あわ》れみを覚えずにはいられなかった。記憶の中の彼は常に壮大な夢を抱いていたのに、その葬儀には、華やぎのかけらも見られなかった。

おまけにそこはロンドンから八十マイルもあり、着くのが遅れてしまったので、わたしは少々礼を失した気分で朽ちかけた屋根つき門を押し開けた。そして、もじゃもじゃの草に足をとられてよろめきつつ、ラッグをあとに従え、墓穴のわきの小さな一団のほうに進んでいった。

教区牧師は高齢で、門の外にとめられていた自転車でやってきたのか、法衣のすそが泥んこになっていた。寺男はコーデュロイのズボン、柩の運搬人たちはデニムのオーバーオール姿だ。ほかの顔ぶれにじっくり目をやったのは、もう少しあとになってからだった。

葬儀というのは、大理石の天使たちと崩れゆく文明の名残《なご》りの中ですら、感銘深いものである。浮世の雑踏を離れ、こんな忘れ去られた丘の斜面で雨に濡れそぼった静寂に包まれていると、厳粛で悲しい気分になった。

そうして、ぱらぱらと降りそそぐ雨に打たれるうちに、今朝がた届いた手紙はしだいに脳裏から消え去った。おそらくピーターズはごく普通のいけ好かないやつで、ごく普通の不快なやり方で葬られているのだ。じっさい、何ひとつ変わったことはない。

ところが教区牧師が結びの言葉を述べたとき、奇妙きわまることが起きた。ぎょっとしてあとずさったわたしはラッグの足を踏みつけ、彼を動揺させそうになった。

豚野郎は十二歳半にしてすでにいくつかおぞましい習癖を身に着けており、そのひとつが何ともいやらしい咳払いの仕方だった。喉頭《こうとう》でしゃがれたゼロゼロという音をたて、そのあと静かにオーッ、ホン！　とくるのだ。あまり明確には説明できないが、一種独特の耳ざわりな音で、ほかの誰もあんな咳払いをするのは聞いたことがない。もうすっかり忘れていたのだが、その日、地面にぽっかり開いた墓穴に柩がおろされるのを見届けて立ち去りかけたとき、おそらく二十数年ぶりに、わたしはそれをはっきり耳にした。ぞっとするほどあざやかに豚野郎の記憶がよみがえり、髪が逆立つのを感じながら、あっけにとられてほかの面々を見まわした。

柩の運搬人たちと教区牧師と寺男、それにラッグとわたしを除けば参列者は四人だけで、みな何も気づいていないようだった。

わたしの左側はどっしりとした感じのよさそうな人物、その向こうは少々けばけばしい喪服姿の若い娘だ。悲しげというより、むっつりふさぎ込んだその娘は、どうやら一人で来ているようで、一瞬目が合うと、にっこり笑いかけてきた。さらに視線をめぐらすと、シルクハットをかぶった老人が型通りの悲嘆を示しており、あまりのわざとらしさにむしずが走った。このまえ誰かにこれほど嫌悪を抱いたのはいつのことだろう。小さな縮れた灰色の口髭が雨の中でテラテラ光っている。

だが、わたしの注意はすぐさまその老人からそらされた。ひっそりたたずむ四人目の参列者がギルバート・ウィペットなのに気づいたからだ。十分もまえからすぐそこにいながら目につかなかったとは、いかにも彼らしい。

ウィペットはボトルフズ・アビー校の後輩で、わたしのあとを追うように入学してきたのだ。姿を見たのは久方《ひさかた》ぶりで、もちろん昔よりは成長していたものの、ほかの点では少しも変わらなかった。

ウィペットについて説明するのは、水や闇夜に響いた音について説明するのと同じぐらいむずかしい。あのつかみどころのなさは、彼の特徴というより本質なのだ。どんな外見なのかも判然としないほどだが、たぶん彼にも顔はある。それぐらいは気づいて当然だったのに、こちらがうかつだったのだろう。周囲の枯れたノラニンジンと見分けがつかないほどくすんだ茶色いコートに身を包んだ彼は、例のうつろながら、わたしを認識していることが窺える目でこちらを見つめ返した。

「ウィペット！」わたしは言った。「こんなところで何をしてるんだ？」

答えがないので、思わず彼をひっぱたこうと片手をあげた。ウィペットは一発ぴしゃりと見舞ってやるまで質問に答えたためしがなかったので、ついつい、昔の習慣が出てしまったのだ。さいわい、手遅れになるまえにわたしは自制した。最後に会ったときから長い歳月が流れた今では、彼にもいっぱしの市民としての権利があるはずだ。とはいえ、わけもなく腹が立ち、きつい口調になった。

「ウィペット、どうして豚野郎の葬式に来たりしたんだ？」

彼は両目をぱちくりさせ、わたしはその真ん丸な目が淡い灰色なのに気づいた。

「それは――ええと――招待されたみたいだからさ」忘れもしない、あのおずおずとしたかすれ声だった。自分の言っていることにまるで自信がないのがみえみえの声。

「つまり――ええと――今朝がたこんなものが来て……」

ウィペットはコートのポケットをごそごそ探り、一枚の紙を取り出した。一目で、それが何であるかわかった。同じものがわたしのポケットにも入っている。

「奇妙だろ」とウィペット。「ほら、そのモグラがどうとかいうところがさ。型破りな招待状だ。それで――ええと――来てみたんだよ」

あんのじょう、声が尻すぼみに消えて、彼はふらふら遠ざかっていった。不作法な感じではなく、もう自分をこの場に引きとめるものは何もないとでもいうように、無頓着に歩み去ってゆく。例の手紙をわたしの手に残していったのは、うっかり忘れただけだろう。

わたしはぽつぽつと進みはじめた行列の後尾について墓地をあとにした。ラッグと外の小道に踏み出すと、あのどっしりとした、感じのよさそうな男がもの問いたげな目線を向けてきたので、そちらへ歩を進めた。脳裏に巣食った容易ならざる問いを、どうにか当たり障りのない形で口にできないものかと考えていると、うまいことあちらから切り出してきた。

「残念ですね。まだまだお若かったのに。ピーターズ氏とはお親しかったんですか?」

「わかりません」馬鹿みたいに答えたわたしを、彼は両目をきらめかせてじっと見つめた。

大柄な男で、四十歳をすぎたばかりといったところか。有能そうな、きまじめな顔をしている。

「つまりですね」わたしは言った。「R・I・ピーターズは小学校の同窓生なので、今朝の《タイムズ》紙の告知を見て、ちょっとこちらへ来るついでに寄ってみようかと思ったんですよ」

男がうすのろにでも向けるような温かい笑みを浮かべたままなので、わたしはしどろもどろに先を続けた。

「ところが、いざここに着くと、きっと何かの間違いだ——これは誰かべつのピーターズの葬式じゃないかという気がしてきたんです」

「亡くなったピーターズ氏はかなりの巨漢でしたよ」相手は慎重に考えながら言った。「両目が落ちくぼんでいて、肥満体、色の薄いまつ毛で、年齢は三十七。シープスゲートの私立小学校からトゥーザムに転校とのことでした」

わたしはショックを受けていた。「そうだ——わたしの知ってた男です」

相手は沈鬱《ちんうつ》な顔でうなずき、「残念ですね」と、くり返した。「彼は虫垂炎の手術を受けたあと、わたしのところへ来たんです。手術なんかすべきじゃなかったんだ、心臓が弱ってたんだから。結局、こちらへ移る途中で肺炎を起こし——」ひょいと肩をすくめて、「——手の打ちようがありませんでした、気の毒に。ご家族もいないようだし」

わたしは黙っていた。言うべきことがろくになかったのだ。

「あれがわたしの家でして」男は唐突に言って、この近辺では抜きん出て大きな家のほうにあごをしゃくった。「少しばかり、回復期の患者をあずかってるんですがね。あそこで患者に死なれたのは初めてなんですよ。わたしはずっとここで医者をしているんですが」

同情すべき話だったし、じっさいわたしは同情した。ピーターズに金でもくすねられたのかという問いが喉まで出かかった。あちらはそんなことはおくびにも出さなかったのだが、何かそんな事情ではないかと察せられたのだ。しかしながら、ぐっとこらえた。尋ねてどうなるものでもない。

わたしたちはそんな機会に誰もがするように、しばしとりとめのない雑談を交わし、そのあとこちらはロンドンにもどった。ラッグは大いにむくれ返ったが、結局、〈高潮邸〉には寄らなかったのだ。サー・レオやジャネットに会いたくなかったわけではない。けれど、わたしはなぜか豚野郎の葬式に——あれが本当に彼の葬式だと判明したことに——心をかき乱されていた。あのもの悲しいささやかな儀式が、何やらおぼろなこだまのように耳にからみついていた。

例の二通の手紙は、どこからどこまでそっくりだった。家に帰ると、わたしはじっくり見くらべてみた。たぶんウィペットはわたしと同様に、これを受け取ったあとで

《タイムズ》紙の記事を目にしたのだろう。とはいえ、彼が両者の関連に気づいたのは驚きだった。それに、あの尋常ならざる咳払い、シルクハットをかぶったおぞましい老人、こすっからい目つきの娘……。

最悪なのは、この一件で豚野郎の記憶がよみがえってしまったことだった。わたしは古いサッカー大会の集合写真をいくつか見つけ出し、彼の姿に目をこらした。特徴のある顔だ。こんな少年のころでさえ、末はどうなるかがありありとわかる。

わたしは彼を脳裏から追い払おうとした。結局のところ、べつだん騒ぎたてるほどのことではない。あいつは死んだ。もう二度と会うことはないはずだ。

これはすべて、一月に起きたことである。六月にはもう豚野郎のことは忘れ果てていた。

そんなある日のこと、スコットランド・ヤードでスタニスラウス・オーツと面会し、キングフォード銃撃事件の証拠がみごとな勝訴に結実したことを喜び合って帰宅すると、ジャネットから電話がかかってきた。

ジャネットがヒステリックになるのはついぞ見たことがなかったので、彼女が電話線の向こうで子スズメみたいにピーピー言うのを聞いて、少しばかり驚いた。

「ほんとにひどいことになっちゃって」彼女は言った。「レオは今すぐあなたに来てほしがってるわ。ううん、悪いけど、電話じゃとても口にできない。でもレオが心配してるのは……ねえ、アルバート、ひょっとするとこれは、マザーのM、ユニコーンのU、ラビットのR、ダーリンのD、それに……エッグのE、それからええと、何かRのつく――（頭文字をつなぐとmurder、すなわち〝殺人〟となる）」

「もういいよ」わたしは言った。「すぐに行く」

ラッグとわたしが車で乗りつけたとき、彼女の父親のサー・レオ・パースウィヴァントは〈高潮邸〉のポーチにたたずんでいた。彼の背後には、大英博物館の威容を目に焼きつかせた建築家の手になる屋敷の巨大な白い円柱がそそり立っている。古びた狩猟用スーツに植木鉢型の緑のツイードの帽子という装《よそお》いのレオは、まさに威風堂々――誰もが家族のアルバムに貼りたがるような姿だった。

彼は揺るぎない足取りで階段をおり、わたしの手を握った。

「よく来てくれたな。いや……おしゃべりは無用だ」と言うなりわたしのとなりに乗り込み、村のほうに手をふった。「何はさておき、警察署へ行こう」

レオとは長い付き合いなので、こうと決めたらわき目もふらずに突き進むのがこの好人物の第一の特徴で、猛獣の群れでもあらわれなければ注意をそらせないのはわかっていた。今も何かの考えがあり、それしか頭になくなっているのだ。彼はわたしがやってくると聞いた瞬間から作戦を練っていたはずで、その作戦の一部であるわたしのほうは、黙って従う以外ない。

レオはときおり道順を指示するほかはいっさい口を開かず、ほどなく、わたしたちは警察署の背後の小屋の戸口にたたずんでいた。色めきだった見張りの警官たちを下がらせたあと、レオは一息置いて、わたしの上着の襟をぐいとつかんだ。

「さて、いいかね。信頼するきみの意見を聞かせてほしい。わたしはきみにどんな考えも吹き込まんようにした。事情をいっさい話さず、いかなる形でも先入観を抱かせなかった。そうだな？」

「はい、たしかに」わたしは心から言った。

レオは満足したとみえ、うなり声をあげた。

「よし。では、こちらへ入ってくれ」

わたしは彼に導かれるままに、床の真ん中に架台式のテーブルがひとつだけぽつんと置かれた部屋に入ると、テーブルの上に横たえられたものの顔からシーツをめくった。

「さて」とレオが勝ち誇ったように言う。「どうだ、キャンピオン、これをどう思うかね？」

わたしは絶句した。テーブルの上に横たえられていたのは豚野郎ピーターズ、当のサー・レオと同じぐらい見間違えようのない、豚野郎ピーターズの死体だったのだ。その力ない、ずんぐりした手に触れてみるまでもなく、死後せいぜい十二時間しかたっていないのはあきらかだった。

だが一月には……そして今は六月だ。

第二章　慎み深い殺人

当然ながら、わたしにとってはいささかショックな展開だったので、かなりのあいだ――絶景でもまえにしたかのように――呆然とその死体に見入っていたのではないかと思う。

ついにレオがうなり声をあげて咳払いした。

「死んでいる、言うまでもないがね」わたしの注意を呼びさますためだろう、彼はそう切り出した。「気の毒な男だ。しかし、ろくでもないやつだった。死者をそんなふうに言うべきではないのだろうが、仕方ない。事実は隠せんからな」

レオは本当にこんなふうに話すのだ。いつも思っているのだが、彼の言葉をそのまま書きとめたらさぞ興味深い読み物になるだろう。だがそのときのわたしは表現形式よりも、事態そのものに関心が向いていた。「じゃあ、この男をご存じだったんですね？」

レオはあごのあたりを赤く染め、白い口髭をヒクつかせた。

「会ったことはある」それだけでも恥ずべきことだと言わんばかりに、ぶつぶつ答えた。「じつはこの男とはつい昨夜も、きわめて不快な会見をしたばかりだよ。というわけで、ひどく厄介な状況なのだ。しかし、どうにもならん。仕方のないことだ」

この件にはすでにかなり不可解な点があったので、今はわたしのささやかな疑問でレオをさらに悩ませても意味はなさそうだった。

「彼は何と名乗っていましたか?」それとなく探りを入れてみた。

レオは軍人の多くがそうであるように、驚くほど表情の読めない真っ青な目をしている。

「騙《かた》りを疑っとるのだな? たしかに、大いにありうるぞ! 考えてもみなかったがね。信頼できんやつだ」

「ぼくは何も知ってるわけじゃないんです」わたしはあわてて言った。「それで、彼はいったい何者なんですか?」

「ハリスだ」レオは蔑《さげす》むように、思いがけない答えを口にした。「オズワルド・ハリス。分不相応な大金を手にした成り上がり者で、敵方の下士官なみの作法しか知らん。そこはいくら強調してもしきれんほどだ。おぞましい男だよ」

わたしはふたたび死者に目をやった。やはり、間違いなく豚野郎《ビッグ》だった。どこで見ても、すぐに彼だとわかっただろう。おかしなことに、少年時代の彼がその男の雛形のように思えた。世の一部の子供たちにとっては憂《うれ》うべき話ではないか。

ともあれ、それはまさしく豚野郎で、彼は自分の葬式の五か月後にまたもや死に、そのかたわらではレオがしびれを切らしはじめていた。

「その傷が見えるか？」彼は詰問口調で言った。

レオには明々白々なことを指摘する才能があるのだ。まるでつぶれたサッカーボールのように、ニンジン色の頭のてっぺんが無残にへこんでいた。頭皮がほとんど切れていない分、なぜかなおさら痛々しく見える。それほどすさまじい一撃が、人間の手で加えられたとは信じがたく思えた。フェルト帽をかぶったまま荷馬車の馬にでも蹴られたように見えたので、そう言ってみた。

レオは満足げだった。

「ああ、いい線だぞ」と励ますように力を込め、「みごとなものだ。正直言って、どうしてそんな推理ができたのかわからんが、馬を壺に置き換えればまさにそのとおりだよ。あとで忘れずにジャネットに話すように言ってくれ」

「壺ですか？」

「ジェラニウムが植わった、台座つきの石の壺だ」レオはこともなげに言った。「大きな、いわゆる飾り物だよ。きみも目にしたことがあるだろう、キャンピオン。ときにはヘリオトロープが植えられていたりする。あんなものを屋上の胸壁に置くのはどうかしとるがね。それはわたしも再三、注意したのだよ」

徐々に話が読めてきた。どうやら豚野郎の二度目の死は、屋上の胸壁から落ちてきた石の植木鉢がぶち当たったことによるらしい。そして今度こそ、完全にこと切れたのだ。

わたしはレオをひたと見つめた。二人ともやけに慎み深く、肝心な点を避けているように思えた。

「何か犯罪を疑わせるような点は？」と尋ねてみた。

レオはがっくり肩を落とした。

ややあってようやく、「残念ながら」と答えが返ってきた。「あると言わざるを得んだろう。その壺は、胸壁にいくつか並べられているもののひとつだったのだがな。さきほどわたしが自ら調べてみたところ、残りのものはどれも巌《いわお》のごとく揺るぎなかったよ。長年その場に置かれていたのだ。だからそう、ハリスに当たったやつは、ひとりでにころげ落ちたはずはない。ぐいと押し倒されたのさ——つまり、その——人間の手で。あれこれ考え合わせると、じつに由々しい事態だ。それを直視せんとな」

わたしは豚野郎の頭にシーツをかぶせた。むろん、ある意味では気の毒に思えたが、彼は厄介事ばかり起こす子供時代の性癖を保ち続けていたようだ。

レオがため息をついた。「きみもきっと同じ結論にたどり着くと思ったよ」

わたしはためらった。レオは世界屈指の賢者というわけではないものの、たんに豚野郎が頭を割られて死んだことを確認させるために、わたしをロンドンから引きずり出したとは思えない。もっと何かがあるはずだ。

あんのじょう、ほかにもあった――数えきれないほどの問題が。

レオは骨ばった人差し指でわたしの肩を小突いた。

「じつは、ちょっときみに話しておきたいことがあるのだ。ひとつふたつ、耳に入れておきたい内密のことがらが。いずれは明るみに出るはずだがな。まずは〈千鳥足《ホルト》の騎士団《ナイツ》〉へ行って、現場の状況を見てもらうとしよう」

うすうす事情がわかりはじめた。

「それじゃ豚――いやハリスは、〈千鳥足の騎士団〉で殺されたんですか?」

レオはうなずき、「気の毒なポピー! 知ってのとおり、キャンピオン、彼女は慎ましい非力な女性だよ。これまでいちども……あー、この手の騒ぎは起こしておらん」

「そうでなきゃ困ります」あきれ返って答えると、レオは眉根を寄せてわたしをにらんだ。

「ああしたカントリー・クラブの一部は——」と気色《けしき》ばんで切り出す。

「殺人までは起こしません」わたしがきっぱり言い放つと、レオはまたがっくり肩を落とした。

「そのとおりかもしれん。とにかくあそこへ行こう。晩餐のまえに一杯やりに寄ったことにして」

レオと小屋から出て車に向かいながら、わたしはこの件についてつらつら考えた。〈千鳥足の騎士団〉の立場を理解すればキープセイク村のことがわかるが、もともとキープセイクは田園地帯のパラダイスとでも言うべき場所なのだ。大きな村ではあるものの、最寄りの町と幹線道路から適度に離れているため、躍起になって俗世の喧騒を閉め出さずとも、孤高を保っていられる。ノルマン様式の教会と、ニレの木々に囲まれた村営のクリケット場、三軒の堂々たるパブがあり、しかるべき独立心にあふれた本物の田舎者たちが住んでいる。入り江のそばのなだらかな谷間に位置する村は、いくつかのつましい地所にぐるりと周囲を固められ、レオによればその所有者たちはみな、じつに気持ちのいい連中だ。そして、そうした地所の最大のものが〈千鳥足の騎士団〉なのである。

かつて〈千鳥足の騎士団〉には、この村全体を所有する貴族が住んでいた。彼にその領地を遺した先祖の女性は――〈騎士団〉という名称からも想像がつくとおり――十字軍に参加した恋人からそこを託されたのだという。けれどもやがて、時代と所得の変化がくだんの貴族と後継者たちを駆逐し、領地はいくつかの地所へと分割されてゆく。

〈騎士団〉の屋敷と九百エーカーに及ぶ草原と湿地は、長らく誰か彼かの重荷でしかなかったが、その後、舞台生活から退《しりぞ》いたポピー・ベリューがそこを買い取り、崩壊をまぬがれていた屋敷の一部を英国きってのホテル兼カントリー・パブに変えたのだ。

生来、不屈のエネルギーの持ち主である大らかなポピーは、九百エーカーの土地の使途に悩んだりはせず、十八ホールのゴルフコースを作り、あとは何でも誰かが思いついたことに使えるようにしておいた。すると一人の利口者が、この土地のどこかに最高のクロスカントリー競馬のコースを作れそうだと思いつき、五年目に豚野郎が頭に壺を食らうまで、四度にわたって春になるごとに会議が開かれてきた。

すべてがたいそうのんびりと、気楽に進められてきたわけだ。その雰囲気を乱しそうな者が出現すれば、いつの間にやらポピーが追い払っている。単純きわまる話だった。彼女は〈騎士団〉を誰でも自由に使える場所にしておきたがり、みなが進んでそのための費用を支払った――というか、そんなふうにうまくいっているように見えたのだ。

レオの話を聞いて、興味がわいてきた。豚野郎が〈千鳥足の騎士団〉で殺されたのは理解できるが、どうしてそんなことになるまで追い払われずにいられたのかは理解できない。

気づくと、レオが一足先に車のそばに着き、ラッグにうさん臭げな目を向けていた。レオは軍隊式の規律を好む男で、ラッグとはそりが合いそうにない。いやな予感がした。

「ええと、ラッグ」わたしはわざとらしい熱意のこもった口調で言った。「ぼくがこのまま車でサー・レオを〈騎士団〉へお連れする。おまえは〈高潮邸〉にもどるといい。バスにでも乗って」

ラッグは反抗心のみなぎる目でわたしを見つめた。近ごろ、わたしたちのあいだでは、しじゅう彼の足の衰えが話題になっている。

「バス？」とラッグは問い返し、レオの目がじろりと向けられると、遅まきながら「ですかい、旦那」とつけ足した。

「そうだ」わたしは馬鹿みたいに言った。「あの大きな、緑色のやつだよ。そこらを走ってるのを見たことがあるだろう」

ラッグはもったいぶってのろのろ車からおりた。いちおうレオのためにドアを開けて押さえたものの、その間《かん》もむっちりした白いまぶたの下から、そっと考え込むような目つきでわたしを見つめていた。

「ひどく変わった男だな、きみの従僕は」車が走りだすとレオは言った。「あいつには気をつけたほうがいい。戦争中に命でも救われた恩義があるのかね？」

「まさか！」わたしはびっくりして言った。「なぜですか？」

レオは鼻を鳴らした。「わからん。ふとそんな考えが浮かんだまでだ。それより例の件にもどるぞ、キャンピオン。ことはたいそう深刻なのだが、その理由を話すとしよう」しばし間《ま》を置き、ぎょっとするほど重々しい口調で続けた。「昨夜は、わたし自身を含めて少なくとも半ダースの善良な男たちが、いっそあいつを始末できればと考えていたのだ。おおかた、そのうちの一人が自制を失ったのだろう。むろん、きみにはごく率直に話しとるわけだがね」

わたしは道端に車をとめた。ちょうど〈犬とフクロウ亭〉を見おろす長い直線部分にさしかかっていたのだ。

「詳しく聞かせてください」わたしは言った。

レオはあの快い声に懸念をにじませ、静かに、のっぴきならない話を語りはじめた。おかげで経緯があきらかになった。

ここ一年のあいだに近隣のふたつの地所が空き、それぞれがロンドンのとある弁護士事務所を通して何者かに買い取られていた。その時点では、誰もそれを重大事とは考えなかった。ところが、わたしがレオからこの話を聞く一週間ほどまえに、思わぬ打撃が襲いかかったのだ。レオがブリッジでもしながら一杯やろうと〈騎士団〉へ出かけると、店内は上を下への大騒ぎで、その中心には、こともあろうに豚野郎が居座っていた。彼はふんぞり返ってキープセイク村の今後の計画を列挙していたが、その計画にはヘルスセンターまがいのホテル、ドッグレース場、さらには、そこそこの距離にある工業都市からマイカー族の客を呼べるようなイベント目白押しの映画館兼ダンスホールまで含まれていた。

わきに呼ばれて、これはどういうことかと尋ねられたポピーは、わっと泣きくずれて事情を打ち明けた。素朴なくつろぎに満ちた素朴なもてなしは、思いのほか経費がかさんだが、彼女はごく近しい友人たちでもある顧客を失望させるに忍びず、ロンドンからやってきた愉快な紳士が手配してくれた好条件の不動産担保貸付《モーゲージ》を受け入れた。

しかしその男の魅力的な人柄は、忌まわしい豚野郎の本性をおおい隠す仮面にすぎず、彼は貸付金の大半が借金の返済に使われるやいなや、担保権をふりかざす魂胆だったのだ。

およそ人類に可能なかぎり、その名にふさわしい獅子の心を持つレオは、彼女を救うべく雄々《おお》しく進み出た。彼はとどろくばかりの大声で地域の住民たちに呼びかけ、心ある数名の同志を集めて会議を開き、債権引受け組合《シンジケート》を組織した。そして現金を手に、節度ある公正な提案をすべく、〈騎士団〉に陣取った豚野郎に会いに出かけた。

しかしながら、その後は敗北あるのみだった。豚野郎は強硬だった。金なら必要なだけ持っている。彼の望みはキープセイクを手に入れ――そこを古き良き安ピカ行楽地にすることなのだ。

ノリッジから呼び出されたレオの事務弁護士は、依頼人がいちばん恐れていた事実を確認した。ポピーは魅力的な紳士を信頼しすぎていた。豚野郎に〈千鳥足の騎士団〉を買い取る選択権《オプション》を与えていたのだ。

すでに隣接するふたつの地所も入手していた豚野郎には、このまま行けば、金の力でキープセイク村を蹂躙《じゅうりん》し、彼らの心まで破壊することが可能なはずだった。それに気づいたレオと仲間たちは、ほかの種々の方法を試みた。レオが指摘したように、男たちは故郷のためなら戦《いくさ》も辞さない。木々や野原にかきたてられた原始的な愛情は、ときとして、穏健そのものの心にも熱い怒りを燃えあがらせるのだ。

ほどなく〈騎士団〉のもっとも古い常連客の一部が、豚野郎に退去を求められて立ち去った。それでもレオとほかの大半の者たちは素知らぬ顔で腰をすえ、静かに盛んな論議を交わし、幾多《いくた》の謀議を企《くわだ》てた。

「そして今朝がた」レオは穏やかに結んだ。「あの男がラウンジの窓の下のデッキチェアで眠り込んでいたところへ、屋上の胸壁の壺のひとつがまっしぐらに落ちてきたというわけだ。何とも恐るべきことにな、キャンピオン」

わたしはクラッチを入れて無言のまま車を進めた。そうしながら、キープセイク村のことを考えた。そこここに優しく影を落とす木々、美しい牧場《まきば》と澄んだ小川の流れ……。それを奪い取ろうとするとは、何と恥ずべきことだろう。ここはレオや仲間たちのような古い住民たちと、その子孫のものだ。彼らの聖地、ささやかな安息の地でもある。豚野郎がもっと金を儲けたかったのだとしても、いったいなぜ、そのためにキープセイクを破壊しなければならないのだ？　英国にはほかにも五万と村がある。だが、ともかく彼らは——少なくとも彼らの一人は——ここを豚野郎の魔手から救ったわけだ。そこまではいたって明白なように思えた。

やがて、沈黙に包まれたわたしたちの車はカーブを切って、〈騎士団〉の表門となっている赤いノルマン様式のアーチをくぐった。

不意にレオが鼻を鳴らし、憤然と叫んだ。

「またもや成り上がり者だ！」

上品ぶった小股で私道を進んでくる小男を見て、わたしはあやうく車をわきの芝生に乗りあげそうになった。一目で誰かわかったが、それは主として胸にこみあげた、ただならぬ嫌悪感のせいだった。

その気取り返った不快そのものの老人は、このまえ見たときには派手な黒い縁どりがついたハンカチを鼻に当て、豚野郎の一度目の葬式でこれみよがしに泣いていた。その彼が今、なじみの場所にでもいるかのように、たいそうくつろいだ様子で〈騎士団〉から姿をあらわしたのだ。

第三章　〝あそこが彼の死んだ場所〟

老人はわたしに興味深げな視線を向けた。記憶にある顔だと気づいたのか、小さな丸い目を油断なく光らせ、ぼさぼさの眉の下からじっとのぞき見ている。

レオのほうは、盛大な挨拶を送られた。パナマ帽をふって肩をすくめるという、例の古風なたしなみを装《よそお》った女々《めめ》しい動作だ。

レオは腹立たしげにゴロゴロ喉を鳴らして、緑色のツイードの帽子のつばを形ばかり引っ張った。

「たわけ者めが。化《ば》けの皮が剥《は》がれておるとも知らずに」当惑したようにぶつぶつわたしにささやき、さっさと話題を変えたところを見ると、あの老人については話したくないようだ。奇妙なことだった。

「ポピーのまえでは言葉に気をつけてくれ」レオは言った。「じつに愛らしい女性だよ。ここ数日間は、いろいろ耐え忍ばねばならなかったのだ。彼女が脅しつけられるところは見たくない。やんわりとだぞ、キャンピオン。終始やんわりやってくれ」

当然ながら、これには傷ついた。わたしはついぞ粗暴とみなされたことはない。むしろ穏やかな、愛想のいい人間なのに。

「ここ十年ほどは女性をぶちのめしたりしてません」わたしは言った。

レオは上目使いにわたしをじろりと見た。軽口は性《しょう》に合わないのだ。

「そんなまねはいちどもしとらんことを願うぞ」彼はぴしりと言った。「きみのご母堂――あの麗《うるわ》しいレディが、そんなろくでなしの息子を育てたはずはない。わたしはポピーのことが心配なんだ、キャンピオン。あの愛らしい、非力な女性のことが」

思わず眉がつりあがるのを感じた。ポピーのことを非力な女性とみなせる男なら、本気で彼女は虐待されていると考えかねないではないか。

わたしはポピーが大好きだ。たしかに彼女は愛らしい。だが、非力だとは――思えない。レオは理想の女性像と陳腐なイメージを混同しているのだ。もう少しでそう口にして、彼をひどく傷つけてしまうところだったが、ちょうどそのとき周囲の木立ちが途切れ、わたしたちを待ちかまえる屋敷が姿をあらわした。

六月の夕べの六時半に息を呑むほど美しくなければ、英国のカントリーハウスと呼ぶに値しないが、〈千鳥足の騎士団〉はまさに正真正銘のカントリーハウスだ。細長い低めの建物で、くすんだ深紅の煉瓦《れんが》の中に優美な窓がずらりと並んでいる。そのジヨージ王朝様式の正面部分と、背後にそびえるノルマン様式の廃墟が少しもちぐはぐには見えず、裏手の見あげるばかりのクリの木立ちの中にしっくり溶け込んでいるのだ。

英国東部地方《イースト・アングリア》の屋敷に多く見られるように、玄関は側面に設けられ、表側は建物のすぐそばまで芝地が広がっている。

車をとめると、嬉しいことに玄関扉はいつもどおり開かれていた。ただし、中はひっそり静まり返っているようで、ズボンのすそを自転車用の安全クリップでとめた巡査が一人ぽつんと、きまり悪そうに戸口で見張りについている。

巡査がなぜ狼狽《ろうばい》しきっているのか合点がいったのは、彼の足元の花壇で白目《ピューター》のジョッキがきらめいているのに気づいたときだった。ポピーは男というものを熟知しているのだ。

わたしがレオの肩に手を触れて無言でうながすと、レオは両目をぱちくりさせた。

「ああ、そうだな。そのほうがよければ、まずは現場を見てみよう。あそこがハリスのすわっていた場所だ」

レオのあとについて屋敷の表側にまわると、妙に日本趣味の色あざやかな薄っぺらいデッキチェアが窓辺に点々と並べられていた。

「それが例の壺だよ」とレオ。

わたしは身をかがめ、証拠物件にかぶせられていた二枚の麻袋をどけた。問題の壺を目にするや、レオが意気消沈しているわけがわかった。高さ二フィート半、直径二フィートはあろうかという大きな石の植木鉢で、小さなキューピッドとパイナップルの模様がついている。中の土と合わせて百五十キロ近くあったはずだから、豚野郎《ピッグ》が死んだのは当然で、むしろ彼がぺしゃんこにならなかったのは驚きだった。

わたしがそう言うと、レオは説明した。

「いや、たしかに――そうなってもおかしくはなかったはずだがね。椅子の背もたれから突き出していた頭頂部に壺のへりが当たっただけなのだ。それに、彼は帽子をかぶっていたからな。これがその椅子だよ――ただの残骸だが」

レオがもう一枚の麻袋をわきへ蹴飛ばし、わたしたちは木っ端《こば》みじんになった骨組みと裂けたキャンバス地の哀れな山を見おろした。レオは力なく肩をすくめた。

わたしは芝地の少し先まで歩を進め、屋上の胸壁を仰ぎ見た。ジョージ王朝様式の建物の正面によくある、石に漆喰《しっくい》を塗って平らに仕上げた壁で、わたしはあれを見るといつも砂糖衣《マジパン》をかぶせた最高級のフルーツケーキを思い出す。その背後には、三階の屋根裏部屋の小さな窓が並んでいた。

胸壁には等間隔で置かれた残りの七つの壺が並び、一か所だけぽっかり隙間があいていた。残りのものを見るかぎり、とくに危険は感じない。いずれも大昔からそこにあるように見えた。

わたしたちは屋敷へと向かった。

「ひとつだけ理解できないことがあるんです」わたしは言った。「この殺人をやらかした御仁《ごじん》は、とてつもないリスクを冒したように思えるんですよ。危険きわまりないやり方ですからね」

つまらんことをぺちゃくちゃと、と言わんばかりのレオの目つきに気づき、わたしは懸命に自分の考えをわからせようとした。

「だって、ハリスはたった一人で外にすわってたわけじゃないはずですよね？　誰かが彼とおしゃべりしようと近づいてきたかもしれないんです。そもそもあの壺を突き落とした者は、まず胸壁から身を乗り出して下をのぞかなければ、目当ての男に当たりそうか確かめられなかったはずだけど、そんなことをするのは正気の沙汰《さた》じゃありません」

レオはみるみる真っ赤になった。「ハリスは独りぼっちだったのさ。われわれが今朝ここに着いたときには彼はもうあそこにすわっていたが、誰も仲間入りする気にはなれず、そのまま放っておいたのだ。あちらもわたしたちを無視したし、あえて話しかけたくはなかったから、みんなさっさと中へ入ったんだよ。そして、こちらがラウンジのあの窓の奥でカード遊びをしていると、例のろくでもないものがすさまじい勢いで彼の上に落ちてきた。きみには子供っぽく思えるかもしれんがね」いくらか恥ずかしげに言い添えた。「要はそういうことだ。あの男は完全な鼻つまみ者だったのさ」

わたしはヒューッと口笛を吹いた。にわかに不穏な雲行きになっていた。

「その〝みんな〟というのは、誰なんですか？」

レオはみじめな顔をした。

「われわれ十人ほどの仲間だ。どの男もまったく疑わしい点はない。では中に入ろう」

わたしたちが玄関ホールの敷石に足を踏みおろし、真の由緒あるカントリーハウスならではの古い木材と花々の涼やかな芳香を吸い込むやいなや、ポピーが姿をあらわした。あの丸々とした、愛情深いポピーが、いつもどおりのにこやかな笑みを浮かべて。

「まあ、子ガモちゃん」彼女はわたしの両手をつかんだ。「ほんとによく来てくれたわ。ねえレオ、彼を呼んでくださるなんて優しいこと。恐ろしい話じゃなくて？　さあ、とにかく一杯やってちょうだい」

彼女は広々とした石の廊下を進み、白い鏡板が張りめぐらされた大きなラウンジへとわたしたちを導いた。明るいプリント模様のカバーがかかったふかふかの椅子が置かれたその部屋に着くまで、ずっとあれこれおしゃべりをしながら。

ポピーについて説明するのは容易ではない。年齢《とし》は五十すぎだろう、頭は白髪まじりのぴっちりとしたカールにおおわれ、幅の広い口と、とびきり大きな青い目をしている。そこまでがたやすく描写できる部分だ。残りは少々むずかしい。彼女は人なつこさと寛大さ、それに天真爛漫《てんしんらんまん》な強情さとでも言うべきものを全身からにじませている。服装は常に突飛で、スカートは大胆な花柄、前身《まえみ》ごろには満艦飾《まんかんしょく》と言うのがぴったりなほど多量のフリルがついている。だが、そんな装いは太目の体形には合わないとしても、彼女の個性にぴったり合っている。誰もが一目で好きになる、そうとしか形容しようがない女性だ。

レオはあきらかに彼女にぞっこんだった。

「ほんとにいやらしいやつだった、あのハリスは」ポピーは言いながら、わたしにウイスキーのグラスを渡してくれた。「あの男とわたしのことはレオからすっかり聞いていて？　あいつがここを騙《だま》し取ろうとしたことや……ああ、聞いたのね！　だったら、それはもういいの。どんなふうだったかわかるでしょ。だけど、誰かがこんなことをしたのは間違ってるわ。ほんとに大きな間違いよ——そりゃあ、みんなが好意でしてくれてたのはわかってるけど」

レオがあわてて口をはさんだ。「どうだね、彼女は可愛らしいじゃないか」

「わたしだって馬鹿じゃない、そうでしょ、アルバート?」ポピーはわたしに訴えかけるような目を向けた。「昨夜はみんなに危険だと言ったのよ。ごくはっきりと、『きっと面倒なことになるわ』とね。あんのじょう、そうなったけど」

わたしはレオのぎょっとしたような目くばせに気づき、興味津々で背筋をのばした。

ポピーが彼に食ってかかった。

「アルバートに話してないの? まあ、話しておくべきよ。黙ってるなんてフェアじゃない」

レオはわたしの視線を避け、「これから話すところだったのさ。まだ彼がこちらに来て半時間しかたっていないんだ」

「あなたは彼らをかばおうとしてたのよ」ポピーはぴしゃりと言った。「でも、それじゃちっともためにならない。いずれ真相がわかったら」と無邪気に言い添えた。

「そのとき、どこまでみんなに話すか決めればいいわ」

レオは憤然として何か言いかけたが、ポピーが先まわりした。

「つまり、こういうことなのよ」誰にでも分けへだてなく向ける親しみを込めてわたしの腕をたたくと、彼女は信頼しきった口調で打ち明けた。「昨夜、とりわけ熱心な古い常連さんたちの一部がある計略《くわだ》を企てたの。ハリスを大酒でご機嫌にさせてからざっくばらんに話を持ち出せば、その場の仲間意識に駆られた彼は例の選択権《オプション》とやらを放棄して、こちらの用意した書類にサインするんじゃないかというわけ」

ポピーはそこで言葉を切り、反応を窺うようにわたしを見た。無理もない。こちらが表情を変えずにいると、彼女はもう少し話を進めた。

「わたしは賛成しなかった」と力を込めて言い、「そんなやり方は馬鹿げているし、何だか誠実じゃないと言ったのよ。だけどハリスのほうだってわたしたちに誠実じゃなかったと言われれば、もちろんそのとおりだわ。そういうわけで彼らは昨夜、ここでハリスと遅くまで飲んでたの。それだけなら害はなかったんでしょうけど、ハリスはお酒が入るとご機嫌になるどころか、ときどきそういう人がいるように、むしろ喧嘩腰になった。そしてその段階を乗り越えさせようとさらに飲ませるうちに、すっかり酔いつぶれ、寝床へ運んでやるしかなくなってしまったの。今朝はひどい二日酔いで、それがおさまるまで庭へ休みにいったのよ。そして午前中いっぱいあそこを動かずにいるうちに、あのろくでもない壺が落ちてきたってわけ」

「厄介なことにな」レオがぶつぶつ言った。「まったく厄介な事態だよ」

ポピーはその陰謀に加わった面々の名前を教えてくれた。もっとはるかに分別があってしかるべき、とびきりの名士ばかりだった。そこらじゅうのご老体がこぞって学生時代にもどってしまったような話なので、ごくやんわりとそう言いかけたとき、ポピーにさえぎられた。

「それでレオの部下の警部――すごく感じのいい人で、昇進を期待しているそうよ――がうちの使用人たちに根掘り葉掘り尋ねてみたけれど、何も聞き出せなかったの。まともな答えひとつね、気の毒に！　この分じゃ恐ろしいスキャンダルになるんじゃないかしら。きっとよそから来た人のしわざよ、ここの常連さんはすごくいい人ばかりだもの」

わたしは何も答えなかった。おりしも、丸っこいのっぺり顔のメイド――どう見ても、壺であれほかの何であれ、うまいこと嫌われ者の客に命中させるだけの知性はありそうにない――が部屋にあらわれ、こちらにキャンピオンさんがおいでならお電話ですと告げられたからだ。

てっきりジャネットからだと思い込み、わたしは少々期待に胸はずませてホールに出ていった。

ところが受話器を取りあげるや、交換手がほがらかに告げた。「ロンドンからです」

わたしは二時間まえにとつぜん〈高潮邸〉へ行くつもりでロンドンを離れたのだし、今この〈騎士団〉に来ていることはラッグとレオ以外の誰にも知られていないはずだ。そこで何かの間違いだろうと思い、交換手に確認した。

「はい、間違いありません。ロンドンからです」彼女は辛抱強く穏やかにくり返し、「そのままお待ちください。おつなぎしますので……」

わたしはかなりのあいだ待たされた。しびれを切らし、「もしもし？」と言ってみた。「もしもし？　キャンピオンですが」

それでもまだ返事はなく、かすかなため息が聞こえたあと、電話線の向こうの人物は受話器を置いた。それだけだった。

何やら気になる、ちょっとした珍事といったところだ。ほかの二人のところへもどるまえに、例の胸壁を見ておこうとぶらぶら最上階にあがってみた。誰にも出くわさず、ドアの大半は開け放たれていたので、豚野郎の命を奪った壺が置かれていた場所を難なく見つけることができた。

あの壺は納戸の窓の真ん前に置かれ、おそらくは、そこに射し込む光の大半をさえぎっていたのだろう。近づいてみると、どじな鳩か間抜けな猫のしわざだという希望的観測にすがるのは問題外なのがわかった。

胸壁の上部は、問題の壺の台座が載っていた四角いスペースを除けばびっしり苔《こけ》におおわれていた。その四角い部分は——よく石ころの下に隠れているたぐいの昆虫の死骸がいくつかあるほかは——きれいな茶色で、真ん中に幅三インチ、深さ二インチほどの小さな溝が刻まれていた。もっぱら安全確保のために壺の台座につけられた、石の突起を差し込むための溝だ。

やはり、あの壺が落ちたのはたんなる事故ではありえない。誰か屈強な人間が確固たる意志を持ってあの重たい壺を持ちあげ、胸壁の外へと押しやったのだ。胸目につくかぎりでは、ぽっかり空いたスペースには何も変わった点はなかった。胸壁のへりの苔がわずかに湿っていたものの、それがいかに重要な意味を持つか、そのときは夢にも気づかなかった。

わたしは階下のラウンジにもどった。もともと控えめなたちなので、静かに入っていったのだろう。レオもポピーも足音に気づかなかったとみえ、レオが興奮してがなりたてているのが聞こえた。

「そりゃあ、こちらだってあんたの私事に口をはさみたくはない——そんなことは何より不本意なのだが——あれは当然の質問だ。いいかね、ポピー、あんな食わせ者としか思えんやつが、わがもの顔でここから出ていこうとしていたんだぞ。とはいえ、もしも気が進まんのなら、あいつの正体を話してくれる必要はない」

ポピーは敢然とレオを見すえた。頬がバラ色に染まり、両目は苛立《いらだ》ちの涙できらめいている。

「彼は村からやってきたのよ。少しばかりチケットを——カードゲームの大会のチケットを売りに」一息にそう答えた彼女をしげしげと見て、本当にポピーはあんな名女優だったのだろうかとわたしは考えた。もう少しましな嘘がつけないとは。

そのあと、もちろん、彼らが誰のことを話しているかに思い当たった。

第四章　事件をめぐる天使たち

わたしがさりげなく咳払いをすると、レオはぎくりとしたようにふり向いた。みじめな顔つきだった。

「ああ！」心ここにあらずといった様子で、それでも雄々《おお》しく通常どおりの会話を進めようとした。「ああ、キャンピオン、悪いニュースだったのじゃなかろうな？」

「何のニュースもありませんでした」わたしはありのままに答えた。

「ほう、それはよかった。いや、けっこうなことじゃないか、きみ」レオは不意に大声で言って立ちあがり、不要な熱意を込めてわたしの肩をぴしゃりとたたいた。「便りがないのはよい便り。昔からそう言われとるだろう。さて、ではポピー、もう行かないと。今夜は客があるのでな。失礼するよ。さあ、キャンピオン。よいニュースでよかったぞ」

まったく支離滅裂な口ぶりで、聞いていて気の毒になるほどだった。ポピーのほうはまだ怒りを抑えかねている。頬が真っ赤で、涙ぐんでいた。

わたしはレオとその場をあとにした。

もういちど彼を芝地に連れ出し、落ちた壺を調べてみた。底の突起はもげたりはしていなかった。台座の平らな表面から二インチ半ほど突き出している。

それを指さしてみせると、レオはじっと考え込んだが、とうてい仕事に注意が向いているとは思えなかった。彼がその意味を理解するまで、壺を固定するための単純な仕組みについて、二度も説明しなければならなかったのだ。

車に乗って表門へ続く並木道を進みはじめると、彼はようやくわたしに目を向け、「ややこしい事態だな」と悲しげに言った。

わたしたちは黙りこくって本道へともどった。こちらには、そのしばしの静寂がありがたかった。そろそろ少しばかり考えをまとめる必要があるように思えたからだ。

残念ながら、わたしは頭脳明晰な探偵たちの一人ではない。計算機のように頭を働かせ、個々の事実をその場できっちり理解しながら仕事を進めてゆくことなどできない。むしろズダ袋と先のとがった棒を持った廃品回収業者に似ている。目につくかぎりのガラクタをひろい集め、昼休みに袋の中身を空けてみるのだ。

これまでのところ、収穫はひとつかふたつ。何はともあれ、豚野郎《ビッグ》は殺されたと見て間違いなさそうだった。つまり、誰かが意図的に彼を死なせたのだ。ただし、事前に綿密な計画を立てていたふしはない。それはかなり明白なように思えた。なぜなら、豚野郎をほかでもないあの場所に無理やりすわらせ、壺が落ちてくるまで確実にすわらせておくことは誰にもできなかったはずだからだ。

ということは、誰か衝動的な人物がたまたま現場を通りかかり、いわば格好の舞台装置がととのっているのに気づいたのだろう。意地汚い邪魔者の豚野郎が植木鉢の真下にすわっているのを目にしたその人物は、恥ずべき衝動を抑えきれずに屋上へ駆けあがり、荒ぶる霊感の命じるままに壺を突き落とした。

そこまできてはたと気づいたのだが、じっさいにその人物を特定するには関係者のアリバイを調べあげ、消去法でかかるしかなさそうだった。そしてそれは、どう見ても例の警部にぴったりの仕事だ。何といっても、彼は昇進したくてうずうずしている若手のホープなのだから。

だが真の問題は、証拠をつかめるか否《いな》かだろう。ざらついた漆喰《しっくい》の壁から指紋が採れる望みはなさそうだし、目撃者がいればとうに名乗り出ているはずだ。いざ犯行を証明するだんになって、真の障害にぶつかりそうな気がした。

その時点でわたしが完全に間違っていたことをここで述べておくべきかもしれない。わたしは障害のありかを見誤ったばかりか、それ以外のほぼすべてに関しても見誤っていた。しかし、当時はそんなこととはつゆ知らず、レオと並んでラゴンダの座席のシートにもたれ、たそがれの黄色い光の中を進みながら、豚野郎と彼の二度の葬式、過去と現在に思いを馳《は》せていた。

そのときのわたしは——もちろん、どうしようもないほど間違っていたわけだが——豚野郎を殺したのは、彼の死をめぐる入り組んだ謀略とは無関係の人物だという結論にかたむいていた。ロンドンからやって来たお利口な若い紳士は、真の罪人がすでに死体置き場におさまっている、そこそこ刺激的で文明的な謎解き《ミステリー》を無邪気に期待したというわけだ。あの無言電話や、ポピーを訪ねてきた不快な老人のことをまともに考えてもみずに。今にして思えば、のどかな田舎の空気が脳にまで達していた証拠だ。

わたしはレオとポピーと、無謀にも〈騎士団〉を救いに駆けつけた熱血すぎる老人たちが気の毒になっていた。今後のスキャンダルとあれこれの騒ぎを思い、彼らに同情せずにはいられなかった。つまりその時点では、殺人そのものよりもほかのことにだんぜん興味が向いていたのだ。

もちろん、天上の神々が隠し持っていたほかのガラクタについて知っていたなら——大鎌を持った忌まわしい老人（死神のこと）が当面の収穫に満足して庭にすわり込み、次の刈り入れのために呼吸をととのえていることに気づいていれば――さっさと仕事にかかっていただろう。けれど正直なところ、すでに花火大会は終わり、パーティの山場はすぎたのだと考えていた。のちに判明したように、まだまだ山場はこれからだったのだが。

車を細い村の通りに乗り入れ、〈白鳥亭《スワン》〉のまえを通りすぎると、わたしはできるだけさりげなくレオに尋ねた。

「テザリングという集落を知っていますか？　たしか、小さな療養所があったんじゃないかな」

「なに？」むっつり考え込んでいたレオは、はっとわれに返ったようだった。「テザリング？　療養所？　ああ、そう、すばらしい施設だ――すばらしい。ブライアン・キングストンがやっている。感じのいい男だよ。ごくちっぽけなやつだがな――キングストンじゃなく、療養所のほうだ。きみも彼が気に入るだろう。大きな男だよ。じつに気さくな。今夜のディナーに来るはずだ――教区牧師もな」レオはあとから思いついたように言い添えた。「われわれを入れて五人だけの、肩のこらん食事だ」

当然ながら、わたしは興味をそそられた。

「キングストンはその療養所を長いこと経営してるんですか？」

レオは両目をぱちくりさせた。話しかけるのをやめてほしがっているようだった。

「ああ、数年まえからだ。昔は父親がそこで開業していた。その後、大きな家を遺された進取の気性に富んだ息子が、それを新たな事業に発展させたのさ。いい医者だよ――腕利きの。わたしも鼻カタルを治してもらった」

「じゃあ、彼をよくご存じなんですね？」わたしは尋ねた。考えごとの邪魔をするのは心苦しかったが、もっと聞き出したくてならなかったのだ。

レオはため息をつき、「まずまず親しくしとるよ。ごく普通の付き合い程度には。奇遇だが、ちょうど今朝もキングストンとほかの二人を相手にカードをやっていたときに、あの不作法者の上にいまいましい壺が落ちてこんな騒ぎになったのだ。わたしたちのすぐ横の窓の外でな。恐ろしい話だ」

「何をされてたんですか？　ブリッジでも？」

レオは憤然とした。「昼まえに？　そりゃきみ、ポーカーに決まっとるだろう。昼まえにブリッジなどせんよ。ポーカーだ。キングストンが大勝し、みなで賭け金を清算しながらそろそろ昼食にするかと考えてたら、窓の外を影のようなものが落ちてゆき、尋常ではないドサッという音がした。身の毛のよだつような音がな。どうもあの男は目つきが気に食わなかったが、きみはどうだね？　危険なやつのように見えたが……思わず犬をけしかけてやりたくなるような」

「誰がです？」わたしは話についてゆけなくなっていた。

レオはうなった。「ポピーのところの私道で出会ったやつさ。あいつのことが頭から離れんのだ」

「あの男なら、以前にも見た気がするんです」

「ほう？」レオは疑わしげにわたしを見た。「どこで？　どこで見たというのかね？」

「ええと――どこかの葬式で」それ以上は明かしたくなかった。

レオが鼻を鳴らし、「いかにもあいつに出くわしそうな場所だな」と無茶なせりふを吐いたところで、わたしたちは〈高潮邸〉の私道へとカーブを切った。

玄関のまえに車をとめると、ジャネットが小走りに階段をおりてきた。

「まあパパ、ずいぶん遅かったわね」そうレオにささやいたあと、わたしのほうを向いて片手をさし出した。「こんにちは、アルバート」少々冷ややかな口調のように思えた。

そのときのジャネットがどんなふうに見えたか、とても言葉では説明できない。彼女はじつに愛らしかった――今もそうだが。

彼女には変わらぬ好意を抱いている。

「やあ」わたしはそっけなく応じたあと、もっと何か言うべきだと感じ、馬鹿みたいにつけ加えた。「どうかわれらに美酒と食物と香油を――」

彼女はわたしに背を向けてレオに話しはじめた。

「ほんとに、早く着替えにいかないと。もう牧師様が着いて、あれこれおしゃべりしたくてうずうずしているわ。村じゅうが興奮に沸きたっているとかで、ミス・ドゥージーから〈公爵亭《マークウィス》〉は新聞記者だらけだと知らせが届いたそうよ。彼女は何も問題はないのか知りたがってるの。何か調べはついて？」

「いや、まだだ」レオは上の空で答えて彼女にキスしたが、どうやらそれは思いがけないふるまいだったようだ。

当の本人にもその愛情表現は少々驚きだったとみえ、レオはごまかすように――いささか言い訳がましく――咳払いして、そそくさと家の中に姿を消した。

階段の上に残されたジャネットは、黒髪の愛らしい姿でわたしのかたわらに立っていた。

「何か心配ごとでもあるのかしら？」彼女は小声でつぶやいたあと、とつぜんわたしが誰か思い出したかのように続けた。「申し訳ないけど、すぐに着替えにいって。あと十分しかないの。車はここに残しておけば、誰かに裏へまわさせます」

ジャネットとは二十三年間にわたって、断続的に顔を合わせてきた。最初に会ったときの彼女は禿げ頭のピンク色の化け物《ばもの》だった。こちらは一目で吐き気をもよおし、お行儀よくできるようになるまで庭に出されていたものだ。だから、その堅苦しい態度には驚くと同時に傷ついた。

「いいとも」いかなる犠牲を払おうと、ご要望に応じなければとばかりに答えてやった。「シャワーを浴びるのはやめるよ」

ジャネットは批判がましくわたしを見つめた。彼女はとてもすてきな目をしている――レオの目とそっくりだが、もっと大きい。

「わたしなら洗うわ」彼女は穏やかに言った。「だって、あなたは汚れが目立つほうでしょ？　真っ白な毛皮みたいに」

わたしは彼女の手を取り、「それじゃ仲直りだな？」と探るように言った。

ジャネットは笑ったが、どこか不自然な笑いかただった。

「いやだ、もちろんよ。ああ、それはそうと、あなたのお友だちが六時半ごろ訪ねてきたけれど、すぐに帰ってしまったわ。あなたは夕食までにはもどるはずだと言ったんだけど」

「ラッグだな」わたしは恐れをなした。一挙に謎が解けたのだ。「あいつは何をやらかしたんだ？」

「あら、ラッグじゃないわ」ジャネットは蔑《さげす》むように言った。「ラッグのことは大好き。そうじゃなくて、あなたのガールフレンドよ」

事態は手に負えなくなりつつあった。

「そりゃあ真っ赤な嘘だ。ほかの女なんかいないぞ。彼女は名前を言い残したかい？」

「言い残したわ」陰険な、どこかとげのある口調だった。「ミス・エフィ・ローランドソンだそうよ」

「聞き憶えのない名前だ」わたしは正直に言った。「感じのいい娘《こ》だった？」

「いいえ」ジャネットは怒りを爆発させ、家の中へ駆け込んだ。

そんなわけで、わたしは〈高潮邸〉に独りぼっちで入っていった。ホールでのんびり執事の雑用を片づけていた懐かしのペッパーは、嬉しいことに、わたしを見て喜んでくれたようだった。優雅だが少々格式ばった挨拶のあと、彼は「貴殿に謹んで勲章《メダル》を授与いたします」とでもいうような口調で、「あなた様にお手紙がございます」と言った。「今朝がた届き、もう少しで住所を書きなおしてご転送しようとしていたとき、サー・レオからあなた様が今夜お見えになることをうかがいまして」

ペッパーはホールの奥のちっぽけな控室に姿を消し、一枚の封筒を手にもどると、「いつもの東翼のお部屋を用意してございます」と言いながら近づいてきた。「お荷物は今すぐジョージに運ばせましょう。あと七分ほどで晩餐の銅鑼《ゴング》が鳴ります」

手渡された封筒に目をやったわたしは、しゃっくりをするか何かしたのだろう、ぶらぶら立ち去りかけていたペッパーが気がかりそうにふり向いた。

「どうかなさいましたか？」

「何でもないよ、ペッパー」わたしはとてもそうは思えない口調で答え、封筒をびりびり破り開けると、二通目の匿名の手紙を読みながら自分の部屋へとあがっていった。一通目の手紙と同様、きれいにタイプされて正確に句読点が打たれた、たいそう目に快いものだった。

「ああ！」とフクロウが言う。「いやはや」とカエルがすすり泣く。
「何と」とミミズが嘆く。
「われらが元へ来たりしはずのピーターズはいずこへ？」
金色《こんじき》の柵の奥で天使が涙に暮れる。
両の翼で顔をおおい、「ピエロ」と涙に暮れる。

なにゆえ、かような事態に？　天上の平和をかき乱す彼は何者なのか？
見よ、あの卑《いや》しきモグラを見るがよい。
小さな両手は擦《す》りむけ、鼻は血にまみれている。

第五章　善良な人々

その手紙の野趣に富んだ文面に戸惑ったわたしは、晩餐用の身支度をととのえながらラッグに意見を求めた。「これには何か意味があるのかな？」

ラッグは手紙をわきに放り出し、柄にもない気弱な笑みを浮かべた。憐《あわ》れみの涙がこぼれ落ちんばかりの顔だ。

「可哀想なちびのモグラ！」彼は言った。

わたしが口をあんぐり開けて見つめると、さすがの彼もきまり悪げな顔をした。しかし、ほとんど即座にいつもの反抗的な態度になった。

「それより、さっきの件ですがね」と険悪な口調で切り出し、「いいところに帰ってきてくれました。ちょっと言わせてもらおうと待ってたんですよ。人を何だと思ってるんです？　くたばりかけたムカデじゃあるまいし。緑のバスとは、笑わせるぜ！」

「おまえも年だからな」わたしは容赦なく言った。「体力の低下に劣らず知的な機能も衰えてるのか見てみよう。ぼくはあと四分でダイニングルームへ行かなきゃならないんだがね。その手紙から何か思い当たることはあるか？　それはここへ送られてきた。今朝がた届いたそうだ」

その嫌味がカチンときたとみえ、ラッグは大きな白い顔を非難がましくゆがめ、無言で口を動かしながら手紙を読みなおした。

「フクロウ、カエル、ミミズ、それに天使はみんな、そのピーターズってやつが見つからないんで泡を食ってるんだ」彼はついに言った。「明々白々でしょうが」

「まばゆいほどにね」わたしは同意した。「そしてそこから、この手紙の書き手はピーターズが死んでいないのを知っていたことが窺える。興味深いじゃないか、じっさい彼は死んでいなかったんだから。ぼくが死体置き場で見せられた男はピーターズだ――というか、ピーターズだったんだ。彼は今朝になって死んだんだよ」

ラッグはわたしをまじまじと見て、「ふざけてるんですかい？」と冷ややかに言った。

わたしがネクタイと格闘しながらうんざり顔でにらんでやると、ラッグはほどなく自力で先を続けた。見るからに、必死で頭を働かせている。

「今朝だって？　ほんとに？　死んだって……何が原因で？」

「頭の上に植木鉢を落っことされたのさ、意図的に」

「じゃあ始末されたんですね？　ほんとですかい？」ラッグはふたたび手紙に目をやった。「ああ、そんなら、わかりきったことじゃないですか。これを書いたやつは旦那がいつもデカを気取って、血なまぐさい事件の調査に鼻を突っ込みたがるのを知ってたんですよ。それでご親切にも、何も見落とさんようにできるだけ早くここに来るように知らせてくれたんだ」

「ああ、そうだとしても、おまえは無礼で、とんまで、下卑《げび》たやつだよ」わたしはいかめしく言った。

「下卑た？」ラッグはとつぜん、心外そうに言い返した。「そりゃないですぜ、旦那。あっしは思ったとおりのことを口にするかもしれないが、ぜったい下卑た口はききません」

彼はしばし考え込んだ。

「デカだな」と勝ち誇ったように言い、「たしかに、デカって言葉は品がない。警察官に訂正します」

「おまえと話してると目まいがしてくるよ」わたしは心の底から言った。「おまえが見落としてるらしい肝心な点はね、ピーターズが死んだのは今朝なのに、その手紙は昨夜の七時少しまえにロンドンの中心部からここの住所へ発送されてるってことさ」

ラッグはそれらの事実を理解すると、意外にも鋭いところを突いてきた。

「なら、それがどういうことかわかりますかい？　昨夜この手紙を旦那に書いたやつは、ピーターズが今日死ぬことを知ってたんですよ」

わたしは口ごもった。そのとき初めて、まさしく背筋がぞくぞくするのを感じたのだ。その間《かん》もラッグはぶつくさ言い続けていた。

「旦那はまたやらかしちまったんだ」彼は嘆いた。「あっしがあれだけ注意してやったのに、こんなふうに最初に出くわしたケチなゴタゴタに巻き込まれるとはね。あーあ！　旦那は口笛を吹く必要もない。あっちから飛んでくるんだから」

わたしは彼を見つめた。「だがラッグ、この文面は予言じみたものだ。要するに、これはまぐれ当たり——空っぽのはずのパイにソーセージが入ってたのさ」

一度は銅鑼《ゴング》の音にさえぎられたものの、急いでドアへと向かうわたしの背にラッグの言葉が投げつけられた。

「それもたぶん、猛毒入りのやつがね」

定刻の二分の一秒まえにダイニングルームに着いたわたしに、ペッパーは愛情深い目を向けてくれたが、残念ながらジャネットのほうはそうはいかなかった。

レオはこちらに背を向けた、聖職者用の黒いディナージャケット姿の痩せた男と話しており、わたしが腰をおろした席のとなりには、豚野郎《ピッグ》のテザリングでの葬儀のさいに言葉を交わした感じのよさそうな人物がすわっていた。

あちらもわたしに気づいて親しげにうなずき、落ちくぼんだものうげな灰色の目で笑いかけてきた。

「お互い、常に死亡現場にあらわるってやつですね？」彼は声をひそめて言った。

そのあと自己紹介を交わし、わたしは彼の態度がすっかり気に入った。キングストンは大柄な男で、わたしよりも年上だが、どこか内気そうなところが魅力的だった。しばらく他愛ないおしゃべりをしていると、ジャネットが仲間に加わり、さらに数分ほどたったところで、わたしはふと誰かの憎悪の視線に気づいた。ときおりバスの車内や内輪の晩餐会で経験する、あの奇妙だが間違いようのない感覚だ。

テーブルの向こうに目をやると、まったく面識のない若い牧師が憎悪を隠そうともせずにわたしを凝視していた。頬骨と手首の骨のあたりが真っ赤になった、長身で痩せこけた苦行僧タイプの男で、くそまじめな丸っこい黒い目に憤怒《ふんぬ》をにじませている。

こちらが面食らって間抜けな笑みを浮かべていると、レオが気づいて紹介しはじめた。

その男はキープセイクの教区牧師に任命されたばかりの、フィリップ・スメドリー・バズウィック師であるという。あのむき出しの憎悪が理解できずに少々むっとしていると、彼がちらりとジャネットに目をやるのが見えた。それでぴんときた。バズウィックはあきらかに彼女にのぼせあがっているのだ。今ここで詳述するには及ばないある私的な理由さえなければ、彼に同情していたことだろう。

あいにく、バズウィックは二重の不運に見舞われた。レオが彼を独占していたからだ。みなが無事に魚の皿に取りかかるや、レオは——繊細な扱いを要する話題の場合は決まってそうなってしまうのだが——とどろくばかりの大声で尋ねた。「さきほど食事のまえに話題にしていたあの男だが。彼はどこに泊まっていると言ったかな？」

「サッチャー夫人のところです、大佐。あの婦人のことはご存じで？〈白鳥亭〉の下に小さなコテージを持っているのですが」

バズウィックの美声はわずかに震えていた。おそらく、テーブルのこちら側の会話を聞きたくてならない思いをこらえていたせいだろう。

レオはかまわず続けた。

「ああ、サッチャー老夫人なら知っとるぞ。ブルチャーズ・ヒルのジェプソン一族の出だ。気のいい女性だよ。あんなやつを家に泊めるとはどうしたことだろう？理解できんな、バズウィック」

「彼女は部屋を貸しているのです、大佐」バズウィックの視線がふらふらとジャネットに向けられ、目にしたものに傷ついたかのようにふたたびそらされた。「あのヘイホー氏はこの村に来てまだ一週間足らずのようですが」

「ヒャッホーだと？　ふざけた名だ。おおかた偽名だろう」

レオが苛立《いらだ》ったときの習慣でがなりたてると、不運な若い牧師はぽかんと口を開けて彼を見つめた。

それから、「ヘイホーはけっこうよくある名前です」と果敢に言った。

「ヒャッホーが？」レオは狂人でも見るような目を牧師に向け、「信じられんな。きみもわたしぐらいの年齢《とし》になれば、バズウィック、受けを狙ったりはせんようになる。今は真面目な話をしているのだぞ、冗談など言っている場合ではない」

その不当な非難にバズウィックは耳まで真っ赤になりながら、ぐっとこらえて無言で顔をしかめた。馬鹿げたひとこまだが、思うにレオが今日《こんにち》にいたるまでバズウィックを軽薄なおどけ者とみなしているのは、ひとえにこの一件のせいだろう。気の毒な話だ。あれほど生真面目な男はいないのだから。

ともあれその時点では、当の牧師より彼がもたらした情報に興味を抱いたわたしはキングストンに目を向けた。

「この冬におたくの近所であった例の葬式で、馬鹿でかい喪用のハンカチを鼻に当てて泣いていたシルクハット姿の奇妙な老人を憶えてますか？　あれがヘイホーなんですよ」

医師は両目をぱちくりさせた。「ピーターズの葬式で？　いや、記憶にないな。たしか、いっぷう変わった娘さんがいて、それに――」

声が途切れ、両目に興奮の色らしきものが浮かんだ。

「そうだ！」キングストンは叫んだ。

みなに見つめられると、彼はどぎまぎして話題を変えようとした。けれど、ほかの面々がふたたび話しはじめるや、わたしに目を向けた。

「ちょっと思い出したことがあるんです」少年じみた熱っぽい口調だった。「何かの役に立つかもしれない。よければ、食後に話しましょう。あなたはあのピーターズって男とあまり親しくはなかったんですよね？」

「とくには」わたしは用心深く答えた。

「彼は好ましい男ではありませんでした」キングストンは言ったあと、声をひそめて続けた。「わたしはちょっと興味深い事実をつかんでるようなんですよ。ここでは言えませんけど」

ひたと両目を見つめられ、いよいよ好意をかきたてられた。わたしはものごとの探求に情熱を燃やす人間が好きなのだ。そうでもなければ、どんな調査も非人間的な作業にすぎない。

しかし、すぐには話し合う機会がないまま、キングストンとはいったん別れることになった。食後のポートワインが配られているうちに、今回の事件を担当している警部が会いにやってきて、レオが席をはずしてしまったからだ。

バズウィックとともに残されたキングストンとわたしは、ゆっくり話し合うどころではなくなった。若い牧師は熱狂的な革新主義者であることが判明したのだ。彼は茅《かや》葺《ぶ》きのコテージの不潔さや、標準的な村人たちの生活に文化を導入する必要性を力説したが、そのじつ、茅葺きのコテージについて――それにもちろん、村人たちについても――ろくに知識がないのはみえみえだった。田舎育ちの者なら誰でも知っているように、〝標準的な村人〟などというものは存在しないのだから。

そもそも村とは、誰もが隣人にさしたる迷惑もかけずに好き勝手に暮らせる、てんでんばらばらの共同体であるところに意味がある。キングストンと二人でその点を牧師に納得させようとしていたとき、執事のペッパーがあらわれ、旦那様が銃器室にお越しいただきたいそうですとわたしに告げた。

いつもレオが書き物と銃器の手入れに不偏の情熱で取りくんでいる二階の古式ゆかしき部屋に入ってゆくと、彼はデスクの奥に腰をおろしていた。その向かいで、何とも愛嬌たっぷりの男がウィスキーのグラスをかたむけている。レオが紹介した。

「これがそら、プッシー警部だ、キャンピオン。有能な男だよ。一日じゅう奴隷のように働いておったのだ」

わたしはプッシーが一目で気に入った。誰でもそうだろう。

しなやかな、ひょろ長い体形で、誰もが警戒心を解いて親近感を抱きそうな、ちょっぴりおどけた顔をしている。彼がレオのことを面白がりつつ敬愛しているのはあきらかだったが、それは英国の田舎で主従が協力し合ってゆくための基本的条件なのだ。

わたしが着いたときには、どちらも動揺しているようだった。やはり今回の件がこたえているにちがいない。言うなれば、我が家の庭先で殺人が起きたのだ。しかし、理由はそれだけではなかった。

「まったく驚くべき事態だよ、キャンピオン」わたしの背後でペッパーがドアを閉めると、レオは切り出した。「どう理解すればいいのか見当もつかん。だが、このプッシーが間違いないと言うのだし、彼は優秀な男だ。いつでも文句なしに信頼できる」

ちらりと警部に目をやると、彼は思いがけずドードー鳥でもくわえてきてしまった猟犬さながらに、誇りと当惑の入り混じった顔をしていた。しばらく待っていると、レオがプッシーに先を続けるように合図した。

警部はわたしに人なつこい笑みを向けた。

「どうにも不可解な話でして」穏やかで、開けっ広げな口調だった。「こちらがどこかでしくじったんでしょうが、どこでなのかはわかりません、今はまだ。部下と二人で日がな一日、みんなに質問してまわり、ようやくすべて完了ってところなんですよ」

「その結果、サー・レオを除く誰にもまともなアリバイがないってわけかい？」わたしは同情を込めて言った。「それはさぞかし……」

「いいえ、それが」プッシーは話をさえぎられたことを憤慨するどころか、むしろ歓迎しているようだった。もともと劇的な演出が好きなのだ。「ちがうんです。全員に、それもたしかなアリバイがあるんですよ。調理場ではちょうど例の、ええと――事故が起きたときには昼食がとられていて、庭師の少年にいたるまでみなが顔をそろえてました。屋敷内のほかの人々はみな、ラウンジかそのすぐとなりのバーにおり、例外なく数人の紳士にそれを確認してもらえます。部外者は一人もいませんでした。つまりまあ、今朝がたベリューさんを訪ねられた紳士はみなさん共通の目的があって来られた、とでも言いますか。全員が長年の顔見知りでした。そのうちの一人がこっそり抜け出して、犯行に及ぶことはできなかったはずです。ただし……」

プッシーは言葉を切り、みるみる真っ赤になった。

「ただし何だ？」レオがもどかしげに言った。「さあ、きみ。遠慮することはないぞ。ここには内輪の者しかおらん。ただし何だね？」

プッシーはごくりとつばを呑み込んだ。

「ただし、ほかのみなさんが気づいておられたのならばべつです」警部は言うなり、うなだれた。

第六章　今は亡き豚野郎《ピッグ》

当然ながら、しばし気まずい沈黙がただよった。プッシーはおのれの暴挙に言葉を失い、わたしは通常どおりの控えめな態度を守り、レオはどうにか理解しようとあがいているようだった。

「ほう！」レオがついに言った。「共謀説か、え？」

プッシーは冷や汗をかいていた。「とうていそうは思えませんが、本部長殿」とみじめな口調でもぐもぐと言う。

「どうかな……」レオはいかめしく言った。「どうかな、プッシー。それもひとつの考えだ。なかなか鋭いぞ。しかしながら、この件ではそれはありえんだろう。全員が加担せねばならなかったはずだし、なにせ、このわたしもその場にいたのだからな」

至高の瞬間だった。レオはびっくりするほど盲目的な、あの比類なき純真さでけろりと言ってのけたのだ。プッシーとわたしは安堵のため息をついた。乏しい事実にもとづく推理を一蹴《いっしゅう》されて、わたしたちには奇跡だけが残されたわけだが、それだけの価値はある。

レオはなおも考え込んでいた。

そしてついに、「いや」と結論を下した。「ちがうな。ありえん。どう見ても不可能だ。何かほかの線を探るしかなさそうだぞ、プッシー。一緒にアリバイを洗いなおしてみよう。どこかに穴があるかもしれん、ひょっとするとな」

彼らが腰をすえて作業に取りかかると、こちらは警部の縄張りを侵したくなかったので、ぶらぶらその場をあとにしてキングストンを捜しにいった。

彼はジャネットやバズウィックとともに客間にいたが、わたしが入ってゆくと、バズウィックは身をこわばらせて髪を逆立てた。あまりいい気はしなかった。わたしは神経過敏なたちではないつもりだが、あの猛烈な敵意には閉口した。こうしたさいには贈り物をすべしという原則に従い、煙草をすすめてみたけれど、牧師はそれをはねつけた。

キングストンのほうはわたしと同じぐらいおしゃべりしたくてうずうずしており、テラスで煙草を一服しないかと言い出した。これがほかの家の客間なら——ケンブリッジのキャロライン大伯母様（キャンピオン・シリーズ長編第四作『手をやく捜査網』の登場人物）の客間はべつかもしれないが——そんな提案は気取って聞こえるか、少なくとも時代がかって聞こえたことだろう。しかし〈高潮邸〉はまさにその種の屋敷だった。今は亡きレディ・パースウィヴァントは金ピカの家具と重量級の磁器が好みだったのだ。

これまた不当にも、バズウィックは医師に犬のように素直な感謝の目差《まなざ》しを向け、ジャネットは炉辺の敷物の向こうから怒りをくすぶらせてわたしをねめつけてきた。

フランス窓の外の――近年のハリウッド映画で目にするどんなテラスにも負けない――みごとな大理石のテラスに踏み出すと、キングストンはわたしの腕をつかんだ。

「いえね」彼は切り出した。「あのピーターズって男のことなんですが……」

気づくとわたしは四半世紀の時を越え、小学校の礼拝堂の裏の小さな芝地に連れもどされていた。懐かしのガフィに腕をつかまれ、興奮と憤《いきどお》りの入り混じったまさにこんな口調で、これと同じ言葉を聞かされたあのときに。

〝あのピーターズってやつのことなんだけどさ……〟

「へえ、それで?」わたしはうながした。

キングストンはためらった。「これはまあ、懺悔《ざんげ》みたいなものでしてね」思いがけない言葉に、わたしは両目を見開いたのだろう。医師はぱっと顔を赤らめて笑い声をあげた。「ああ、あの男のものをくすねたわけじゃありません。ただ、わたしは彼の遺言を書きとめたので、そのことをお話ししたかったんですよ。ほら、ピーターズは虫垂炎の術後の回復期にうちの療養所へやってきたんです。自ら手紙で予約して。ところが、移動のさいに風邪をひいて重度の肺炎を起こし、あらゆる手を尽くしたにもかかわらず死亡した。じつはうちへ来たのは、料金が割安だからなんですがね。地元の人間にすすめられたとかで、わたしも少しだけ面識のある男の名前を挙げていました。それはともかく、病状が悪化したあと、つかのま意識が鮮明になると、彼はわたしを呼んで遺言書を作りたいと言った。そしてわたしが紙に書きとめてやると、それに署名したんです」

キングストンは不意に言葉を切ってもじもじした。

「こんなことをお話しするのは、あなたがどういう方かわかっているからです」ややあって、そう続けた。「ジャネットからお噂は耳にしていたし、サー・レオが今回のハリスの件であなたを呼ばれたことも知ってます。そこで、キャンピオン、じつを言うとね、わたしはその遺言書にちょっぴり変更を加えたんですよ」

「そうなんですか？」わたしは馬鹿みたいに言った。

キングストンはうなずき、「むろん、実質的な変更ではなく、形式的なものですが。そうせざるを得なかったんです。なにせその遺言書は彼が口述するうちに、こんなふうになっていったんですからね。『言語に絶する不作法者にして、いまだ投獄されぬペテン師でもあるわが同胞《はらから》、本名ヘンリー・リチャード・ピーターズに——当人が現在、何と名乗っているにせよ——わが死亡時の全財産を遺すものとする。死後に生ずるかもしれない利益もすべて含めて。こんなことをするのは、彼が好きだからでも、哀れに思えるからでもないし、彼が今しもかかわっているかもしれない不埒《ふらち》なビジネスに何らかの共感を覚えるからでもない。たんに彼がわが母の息子で、ほかにはそのような者を知らないからである』」

キングストンは口ごもり、月明かりの中でおごそかにわたしを見つめた。

「そんな文言は慎みがないように思えたんです。ことによっては、とんだトラブルにつながりかねないと。そこで少しばかり表現を修正し、たんにピーターズ氏が全財産を兄弟に遺したがっている旨を明記するにとどめておきました。彼はそれに署名し、息を引きとったんです」

キングストンはしばし無言で煙草をくゆらせ、こちらは彼が先を続けるのを待った。

「ハリスを一目見るなり、誰かに似てると思いましたよ」彼は続けた。「そして今夜の食事の席で、あなたが一月の葬式のことを口にされたとたんに気づいたんです。ピーターズとハリスには山ほど共通点がありました。言うなれば、二人は同種の素材で造られていて、色味もそっくりだった。ピーターズのほうが大柄で太ってはいたものの、考えれば考えるほど、類似が顕著に感じられる。わたしの言いたいことがわかりますか、キャンピオン？　あのハリスなる男は、例の遺産を遺された兄弟なんじゃないかってことですよ」

キングストンは申し訳なさそうに笑って、

「いざ口にしてみると、それほどわくわくするような話じゃないな」

わたしはすぐには答えなかった。あの死体置き場のピーターズがわたしの知るピーターズなのはまず間違いない。となると、仮に実業家の兄弟がいたのなら、キングストンの患者だった男のほうがその兄弟のはずだ。わたしは以前から、植木鉢による天罰が下るまで豚野郎は何か彼らしいペテンに従事していたとにらんでいたのだが、その疑念が裏付けられたような気がした。

「その後、遺言書はピーターズの弁護士に送りました」キングストンが続けた。「そして葬儀や何かに関する指示を受け、費用を精算してもらったんです。家に帰ればその弁護士事務所の名前がわかるから、お知らせしますよ。明日の朝でどうかな？」

こちらがかまわないと答えると、キングストンはさらに続けた。

「じつは今朝、例の事件が起きたとき、わたしも〈騎士団〉にいましてね」どこか誇らしげな口調だった。「ポーカーをしていたんです。ちょうどわたしがクイーンの札で勝ちを決めたとき、ドサッという音がして、みんな外に飛び出しました。むろん、何もできることはありませんでしたが。遺体は見たんでしょうね？」

「ええ」とわたし。「まだ詳しくは調べてませんけど。ハリスを見たのはそれが初めてだったんですか？」

「いや、まさか！　彼は一週間まえから〈騎士団〉に陣取っていたんです。こちらはメイドの一人のフロッシー・ゲージの様子を見に、毎日あそこに寄らなきゃならなかったし。彼女は黄疸《おうだん》にかかっているのでね。といっても、ハリスとはろくに言葉を交わしませんでした。みんなそうでしたよ。彼は好戦的なタイプでしたから。例のバズウィックとの一件からも、どんなやつだったかおわかりでしょう」

「バズウィックとの？」

「おや、あれを聞いていないんですか？」キングストンは色めきたった。田舎の医者はたいていそうだが、ちょっとした噂話が大好きだったのだ。「見ようによっては、滑稽《こっけい》な話でしてね。すでにお気づきでしょうけど、バズウィックは真面目一方の人間なんですよ」

わたしがうなずくと、医師はくすくす笑って口早に続けた。

「ハリスはクリケット場の向こうの入り江に続く斜面に、ダンスホールと海水浴場を造るつもりだと宣言していたんですがね。その噂を聞きつけたバズウィックは愕然としたんです。それは彼自身のキープセイク開発計画とは相容れないものだった。バズウィックとしては、もっと住民たちの福利に資するもの――公共の簡易食堂や託児所なんかの設置を考えてたんですよ。そこで泡を食ってハリスに会いに飛んでゆき、華々しい騒ぎを起こしたようでして。ある種のユーモア感覚を持っていたハリスのほうは、堅物のバズウィックをからかうのが楽しかったんでしょう。彼らは〈騎士団〉のラウンジにおり、そばにはビル・ダッチェズニーとほかの数人の客がいたから、ハリスは観衆のまえで思いきりぶちかましたんです。ビルから聞いたところによれば、バズウィックはようやく立ち去ったときには、両目が飛び出しかけてたそうですよ。ハリスに妖艶なダンスショーやら、もぐりの賭博場やらの計画まで明かされて、気の毒な牧師はとうとう自分の夢が、ガラガラ崩れ落ちるのを目にしたんです。素朴な村人が通りの片側の教会付属研修所から、反対側の地獄の門へ直行するのを想像してね。ビルがどうにかなだめようとしたらしいけど、バズウィックは心底震えあがってショックを受けていたとか。それでハリスがどんなやつだったかおわかりでしょう。彼は注目を浴びるのが大好きだった。そうでもなければ、わざわざバズウィックをこけにする必要はなかったんです。あの牧師はひどく石頭なだけで、けっこういいやつなんですからね。しかしまあ、そんなのどうでもいいことだ。問題は、誰がハリスを殺したかってことですよ。というわけで、明日の朝いちばんに、例の弁護士事務所の名前と、見つけられるかぎりの書類を持ってきましょう」

「そうしていただけると助かります」わたしはあまり熱意を込めすぎないようにしながら言った。「話してくださって感謝しますよ」

「どういたしまして。本当にお役に立てればいいんですが。このあたりで何かが起きるなんて、めったにないことですからね」キングストンはぎこちなく笑った。「何だか子供じみた話だな」とぶつぶつ言い、「だがそこそこ知的な者には田舎暮らしがどれほど退屈か、あなたには想像もつかないでしょう、キャンピオン」

わたしたちは室内にもどった。ジャネットとバズウィックはラジオを聴いていたが、わたしたちが姿を見せるとジャネットは立ちあがってスイッチを切り、バズウィックのほうはわたしを見てふうっとため息をついた。

しばらくするとレオが合流したものの、あきらかに心ここにあらずといった様子で、すぐに席を立ってしまった。当然ながら、パーティは早めにお開きとなった。

キングストンが未練がましくぐずぐずしている牧師を連れて帰ってゆくと、ジャネットとわたしはぶらぶらテラスに出ていった。暖かい月夜で、眼下の庭のヨルザキアラセイトウやら、トキワガシの木立ちでさえずるナイチンゲールやらのおかげで、南国さながらの雰囲気だった。

「アルバート……」ジャネットが言った。

「うん？」

「あなたって、いろいろすごく変わったお友だちがいるのね」

「そりゃあ、小学校ではいろんなやつと出会うからな」まだピーターズのことで頭がいっぱいだったわたしは、弁解がましく言った。「山ほどの卵と知り合うようなものさ。そのうちのどれが不快きわまるものに育つかなんて、わかりっこない」

ジャネットは長々と息を吸い、かすかな光の中で両目がきらめいた。

「あなたが男女共学の学校に行ってたとは知らなかったわ」思わずたじろぐような口調だった。「それならわかる気がするけど」

「まあね」わたしは穏やかに言った。「ミス・マーシャルを思い出すなあ。まったく、最高の校長先生だったよ。ホッケー場では真のスポーツ愛好家。生徒たちにはじゃんじゃん罰則を科し、何かというと鞭をふりまわす」

「やめて」ジャネットはさえぎり、それから唐突に尋ねてきた。「バズウィックのことをどう思う？」

「愛すべき男だ」わたしは礼儀正しく答えた。「彼はどこに住んでるんだい?」

「牧師館よ、〈騎士団〉のすぐ裏の。なぜ?」

「そこにはきれいな庭があるのかな?」

「すごくみごとな庭がね。なぜ?」

「その庭は〈騎士団〉の庭と接しているのかい?」

「牧師館の庭は、ポピーの家の裏のクリ林へつながってるわ。ねえ、なぜ?」

「ぼくは人間の背景を知るのが好きなのさ。彼はかなりきみにご執心のようじゃないか」

答えがないので、てっきりジャネットはその質問を悪趣味とみなしたのかと思っていると、意外にも、わたしのかたわらで彼女が身を震わせるのが感じられた。

「アルバート」ひどく小さな声だった。「誰がこんなむごたらしい殺しをしたか、あなたは知ってるの?」

「いや、まだだ」

「いずれはわかると思う?」ほとんどささやくような声になっていた。

「ああ」とわたし。「探り出すつもりだよ」

彼女は片手をわたしの手の中にすべり込ませた。「レオはポピーが大好きなの」と、口ごもりながら言う。

わたしは彼女の手を握りしめた。「レオはまだ、誰がハリスを殺したか見当もつかない状態なんだ」

ジャネットはまた身を震わせた。「だからなおさら厄介なんじゃなくて？　今に恐ろしいショックを受けるはずよ――それが誰かを知るはめになったら」

「ポピーのことかい？」

ジャネットはわたしの腕にしがみついた。「彼女なら、みんながかばおうとするはずでしょ？」声が震えている。「それに結局のところ、彼女がいちばん失うものが大きかったのよ。もうロンドンへもどって、アルバート。手を引いてちょうだい。何も探り出さないで」

「もういいよ」わたしは言った。「さしあたりそのことは忘れよう」

わたしたちはしばし無言で歩を進めた。ジャネットはすてきな青いドレスを着ていたので、わたしはそれが好きだと言った。それに髪をうなじのところで結っていたので、それも好きだと言った。

ややあって、今度は彼女が賛辞を述べた。あなたはとても誠実な人だと言い、その午後、あることがらについてわたしの言葉に疑いを示したことを詫びた。

わたしは〝嬉々として〟とは言えないまでも、快く彼女を許した。そのあと、フランス窓へと引き返し、やはり中にはもどらないことに決めたとき、思わぬ不運な出来事が起きた。

わずかに息を切らしたペッパーがあらわれ、失礼ながら、と切り出したのだ――ミス・エフィ・ローランドソンがキャンピオン様に会いにみえたので、居間にお通しいたしました、と。

第七章　女友《ガールフレンド》だち

ペッパーのあとについて廊下を進みながら、わたしは思いきって尋ねてみた。

「彼女はどんな感じの女性かな、ペッパー？」

ちらりとふり向いた執事の目はあきらかに告げていた——自分は老いてはいるが、経験豊かな男であり、下手なごまかしは通用しないぞと。

「その若いご婦人はあなた様とたいそうお親しく、それゆえ失礼ながら、こんな遅くに訪ねたのだと申されていました」こんな非難がましいことを口にするのは自分も心苦しいのだと言わんばかりの、悲しげな声だった。ペッパーは居間のドアを開けた。

「あらー、ここよ！」誰かが中で叫んだ。

ペッパーは引き下がり、ミス・エフィ・ローランドソンが立ちあがってこちらへ近づいてきた。

「まあ！」まつ毛をひらひらさせながらわたしを見あげ、「まさか、ほんとに気を悪くしてるわけじゃないわよね？」

こちらはただ呆然と彼女を見つめるばかりだった。小柄な、ブロンドの、少女のような娘で、きらきら輝く目と歯磨き粉の宣伝のような歯をしている。帽子についた長い真っ白な羽根をのぞけば黒ずくめの服装で、全体的な印象はハムレットとアラジンの中間といったところだ。

「やだ、あたしを憶えていないんだ」彼女は言った。「なのに、こんなふうに押しかけちゃうなんて！　てっきり憶えてくれてると思ったの。あたしって、とんだお馬鹿さんよね？」

その言葉は暗に、あなたは少々人でなしだが責める気はない、よくあることだと告げていた。

「ひょっとして、人違いじゃないのかな？」やんわり水を向けてみた。

「あら、まさか」またもやまつ毛をひらつかせ、「あなたを見たのを憶えてるもの――ほら、あのお葬式のとき」最後の部分では慎ましく声を低めた。

不意に、どっと記憶がよみがえった。ピーターズの葬式に来ていたあの娘だ。なぜ彼女を忘れ、あの老人だけ憶えていたのかは不明だが、とにかく彼女はあまりじっと見つめてはいけないたぐいの人間のように思えたのだ。

「ああ、なるほど」わたしはゆっくりと言った。「それで思い出したよ」

彼女は両手を打ち合わせて歓声をあげた。

「やっぱり、憶えててくれたんだ！　なぜか知らないけど、思い出してくれるのはわかってた。あたしはときどき、そんなふうにぴんとくるのよね。いろんなことが」

そこで会話はとつじょ暗礁《あんしょう》に乗りあげた。こちらは本調子ではなかったし、相手は明るいグレーの目に驚くほど鋭い表情を浮かべてわたしを凝視している。

やがてついに、「あなたが助けてくれるのはわかってた」と彼女が言った。

いよいよ誰かと間違われているのだと確信し、それをいかに伝えるべきか考え込んでいると、彼女が思いがけないことを口にした。

「あたしは彼に足蹴《あしげ》にされたの。こんなに男の本性を見そこなったのは初めて。でもね、若い娘は誤りを犯すものでしょ、キャンピオンさん。あなたと親しいなんて言っちゃったのも間違いだったわ。ほんとはいちど会った――っていうか、ちょっと目を合わせただけなのに。今ならよくわかる。もう二度としません」

「ミス・ローランドソン」わたしは言った。「そもそも、きみはなぜここへ？　つまり、その――ぼくには知る権利があるはずだ」どうにか事態を把握しようと、断固たる口調で言い添えた。

彼女はわたしをじっと見つめ返した。「あらまあ、つれないこと。男の人って、みんなそうよね？　でもみんながみんな、あの人みたいなわけじゃない。ほんとに、彼はつれなかったわ！　だけど――」いかにもとってつけたように、けなげな自制心を示そうとした。「そんなふうに言うべきじゃないわね、死んだ人のことを――もしも彼がほんとに死んだのなら。どうなの？」

「誰がだい？」

　彼女はくすくす笑った。「用心深いのね。探偵さんってみんなそうなの？　あたしは用心深い人が好きだけど。もちろん、ローリー・ピーターズのことよ。あたしはずんぐりむっくり《ローリー・ポーリー》ちゃんって呼んでいた。彼はそう呼ばれると不機嫌になったわ。きっとあなたには想像もできないほど不機嫌に。可哀想なローリー・ポーリー！　でも死んだ人を笑うなんてよくないわよね――彼がほんとに死んだのなら。あなたは知ってるの？」

「おやおや、お嬢さん」とわたし。「ぼくらは彼の葬式に出たんじゃなかったかい？」

　思わず辛辣《しんらつ》な口調になったのだろう、彼女は態度を一変させた。精いっぱい重々しげに腰をおろすと、短い黒衣のスカートを細っこい脚の周囲に注意深く撫でつけた。

「あたしはあなたにご相談しにきたのよ、キャンピオンさん。こちらの手の内はすべてさらすつもりでね。だから聞かせてほしいんだけど、あなたはあのお葬式に納得した?」

「どのみち、ぼくにはあまり関係ないことだ」一瞬たじろぎながらも、言い返してやった。

「あら、そうなの? じゃあなぜあそこにいたの? ほら、痛いところを突かれたでしょ。あたしはまわりくどいやり方が嫌いなの、キャンピオンさん。ずばりと答えてほしいのよ。あのお葬式にはどこかおかしなところがあった。あなただって気づいてるはずよ」

「なあ、いいかい」わたしは言った。「こちらも心から力になりたいとは思ってるんだ。それじゃ、なぜぼくが力になれると思うのか話してくれないか?」

彼女はひたとわたしを見つめた。「だって、あなたは立派な学校を出たんでしょ? いつも思うんだけど、男の人は立派な学校を出てれば役に立つものよ。それだけで、紳士だってわかるもの。あたしはいつもそう言ってるの。だからね、あなたを信頼するつもり。めったと人を信頼したりはしないんだけど。まんいち期待を裏切られたら、そりゃまあ、今度もあたしが馬鹿だった、それだけの話よ。あたしはローリー・ピーターズと婚約してたの、キャンピオンさん。だのに彼はケチくさい療養所なんかで死んで、全財産を兄弟に遺した。もしもあなたがそれをうさん臭いと思わなくても、あたしは思う」

わたしはしばしためらい、こう切り出した。「きみが不審に思うのは、彼が何もかも兄弟に遺したからなのか――」

エフィ・ローランドソンがさえぎった。

「あたしに言わせれば、そもそも彼が死んだこと自体がおかしいの。あたしは弁護士に話してやると彼を脅してた。本当よ。手紙や何かも取ってあったし」

わたしが黙っていると、彼女はみるみる真っ赤になった。

「何とでも好きなように考えればいいわ、キャンピオンさん。でもあたしにだって感情はあるし、どうにか結婚しようと必死だったの。だのに彼はあたしを慰みものにした。もしもどこかに隠れてるなら、ぜったい見つけ出してやる」

彼女はとつぜん好戦的なスズメのようにわたしをにらんだ。

「あなたに相談することにしたのは、あなたは探偵さんだと聞いたし、顔も気に入ってたからよ」

「すばらしい！　だがなぜここへ？」わたしは問い詰めた。「どうしてよりにもよって、キープセイク村に来たんだ？」

エフィ・ローランドソンは深々と息を吸い込んだ。「本当のことを話すわ、キャンピオンさん」

またもや、まつ毛がひらひら震え動いた。つかのまの率直なやり取りは終わったようだ。

「あたしはこの村に友だちがいて、ローリー・ピーターズの写真を見せたことがあるの。古い付き合いの、おじいちゃんなんだけど」

彼女はしばし言葉を切り、わたしが信じているか様子を窺ったあと、どうやら安心したとみえ、一気に先を続けた。

「二、三日まえに彼が、つまりその友だちが手紙をくれて、〝あんたの彼氏にそっくりの紳士が村にいるぞ〟と書いてきたの。〝わしがあんたなら、ちょっと見にきてみるがね。それだけの価値はあるかもしれん〟って。それで、できるだけはやく飛んできたのに、ここに着いたら、あたしが会いにきた男は今朝がた殺されたばかりだっていうじゃない。そのあと、あなたもこの村にいると耳にしたから、会いにきたのよ」

ようやく話が読めてきた。

「彼の遺体を確認したいんだね？」

エフィ・ローランドソンはきっぱりうなずいた。

「しかし、なぜぼくのところへ？　どうして警察に行かないんだ？」

ほろりとする返事が返ってきた。「だってほら、あなたは知り合いみたいに思えたの」

わたしは思案した。このさい、被害者の身元を確認できれば、これほどありがたいことはない。

「いつなら警察署に行けるのかな？」

「今すぐ行きたい」

田舎ではもう遅い時間だったので、そう話したが、彼女は頑として譲らなかった。

「せっかく心を決めたのに、明日まで宙ぶらりんのままじゃ一睡もできないわ。今すぐあなたの車で連れてって。さあ、あなたならできるでしょ。迷惑かしら？　でもあたしはそういう娘なの。何かすると決めたら、やり終えるまでいてもたってもいられないのよ。朝まで待たされたら、すっかり具合が悪くなっちゃう。本当よ」

そこまで言われれば仕方ない。それに経験上、証人があらわれたらすぐにつかまえておくのがいちばんなのはわかっていた。

わたしは呼び鈴《りん》を鳴らし、それに応えてやってきたメイドに、ラッグに車を用意させるように頼んだ。それから、ミス・ローランドソンを居間に残してジャネットを捜しにいった。

あまり快い会談とは言えなかった。ジャネットは愛すべき娘だが、ときおりひどく聞き分けがなくなるのだ。数分後に彼女がどうにか威厳を保って寝室に引きとると、こちらは居間へもどった。

ミス・ローランドソンとおもてへ出てゆくと、ラッグは少々驚いたようだった。わたしは彼女を後部座席に乗せ、自分は彼のとなりに乗り込んだ。ラッグはクラッチを入れ、車が轟音《ごうおん》をあげて私道を進みはじめると、わたしのほうに身をかたむけた。

「犬小屋から猫が出てきたのを見たことがありますかい？」彼はささやき、こちらがまじまじ見つめ返すと、「ちょいと気分転換にはなりますがね。それだけですよ」

車は無言のうちに走り続けた。しだいにわが友、ミス・エフィ・ローランドソンがとんだ重荷になりそうな気がしはじめた。

果てしない空に大きな月がぽっかり浮かんだ奇妙な夜だった。ときおり、おかしな形の小さな積雲がよぎってゆくものの、おおむね明るい月が真鍮《しんちゅう》のベッドの四隅の飾りのような真ん丸の姿をさらしている。

昼間のキープセイクは文字どおり絵のように美しい村だが、こんな不自然な光の中では妙に謎めいていた。小さな家々は背の高い木々の陰に隠れ、教会のずんぐりした四角い塔が、晴れ渡った夜空を背に不気味にそそり立っている。例のおぞましい用事を果たしに、秘境の村でも走り抜けているような気がした。

村の警察署でもあるコテージのまえに車がとまると、二階の部屋にひとつだけ明かりがついているのが見えた。わたしは座席の背もたれの向こうに身を乗り出し、

「ほんとに朝まで待つ気はないのかい?」と尋ねてみた。

ミス・ローランドソンは食いしばった歯の隙間から答えた。「ええ、悪いけど、キャンピオンさん。最後までやり抜く覚悟はできてるの。確かめずにはいられないのよ」

わたしは彼女とラッグを車中に残し、誰かを起こしに小道を進んでいった。ほどなく、プッシー警部が自ら――今にも寝床に就こうとしていたことを思えば、驚くほど快く――姿をあらわした。わたしたちは夜の闇に敬意を払ってひそひそ声で協議した。

「なに、かまいませんよ」警部はこちらの謝罪に答えて言った。「この仕事にはちょっとした助けが必要なものだし、今はまさにそうですから。そのレディが被害者について何か話してくれるなら、彼のロンドンのフラットの家主よりよっぽど役に立つってもんです。よければ、そっちのわきから裏にまわりましょう」

わたしは車に残した二人を呼びにゆき、小さな隊列は粛々《しゅくしゅく》と、コテージの裏庭へ続く砂利敷きの小道を進んでいった。プッシーが木戸の錠を開けると、わたしたちは

整然としたちっぽけな四角い庭を横切り、スレート葺《ぶ》きの小屋へと足を進めた。見かけは村の小さな教室のようだが、それとは大ちがいの小屋だ。

わたしはエフィ・ローランドソンの腕をつかんだ。彼女は歯をガチガチ鳴らして震えていたが、並々ならぬ勇気の持ち主だった。

プッシーのほうは、気配りの塊《かたまり》のようだった。「ドアのすぐ内側に明かりのスイッチがあります」と言ったあと、「さあ、お嬢さん、べつに腰を抜かすようなものはありませんからね。ちょっとお待ちを、キャンピオンさん。わたしが先に行きましょう」

彼がドアの錠を開け、わたしたちは石段の上に身を寄せ合ってたたずんだ。プッシーが明かりのスイッチを入れた。

「さて」と言った一瞬後に彼は息を呑み、信じられない思いと狼狽《ろうばい》の入り混じった声をあげた。

室内はその午後わたしが目にしたままの状態だったが、ひとつだけ驚くべき変化が起きていた。床の真ん中のテーブルに乗っていたはずのものがない。木綿のシーツは、無造作にわきへ投げ捨てられたように床の上に広がっている。

豚野郎《ピッグ》ピーターズは消え失せていた。

第八章　事態の急展開

長く気詰まりな間《ま》があった。ほんの少しまえまでわたしの脳裏には、木綿のシーツに包まれた豚野郎《ビッグ》の輪郭がくっきり浮かびあがっていた。今やその心象風景《イメージ》をみごとにかき消され、思考停止に陥ったような気がした。室内は冷え冷えとして、静まり返っている。と、ラッグがのっそり進み出た。

「じゃあ、腐りかけの死体が消えちまったんですかい？」その辛辣《しんらつ》きわまる口調から、彼も狼狽《ろうばい》していることがわかった。「ったく警部、あんたのヘルメットもしっかり戸締まりされた部屋に保管されてりゃいいけどね」

空っぽのテーブルを見おろすプッシーの陽気な田舎者じみた顔は青ざめていた。

「それにしたって、妙な話です」何もない壁にこの不可解な事態の説明を見出そうとするかのように、警部は薄暗い、がらんとした小部屋を見まわした。

不安に満ちたひとときだった。深々《しんしん》たる夜のしじまの中、室内はもぬけの殻になり、薄汚れた木綿のシーツだけが床に落ちている。

プッシーがふたたび口を開きかけたとき、エフィ・ローランドソンがとつじょ華々しい反応を示した。それまでの気丈さもどこへやら、わたしからさっと身を引き離し、天を仰いで金切り声をあげはじめたのだ。恐怖に張り裂けんばかりの大口を開けて。じつに神経にさわる声だったので、わたしは彼女の肩をつかみ、歯がカタカタ鳴るほど激しく揺さぶった。

当然ながら、彼女は口をつぐんだが、最後の悲鳴をさえぎられて憤然とわたしを見あげた。

「やめろ！」とわたし。「村じゅうの人間を起こしたいのか？」

彼女は両手をあげてわたしを押しやった。

「だって、怖いんだもの。自分が何をしてるのかもわからない。彼はどうしちゃったの？　あなたはここにいると言ったわ。だから見にきたのに、彼はいない」

エフィ・ローランドソンは騒々しく泣きじゃくりはじめた。プッシーがちらりと彼女を見やり、わたしに目を向けた。

「このお嬢さんはもう、お帰りいただくのがいちばんじゃないでしょうか」ごくもっともな提案だ。

彼女がしがみついてきた。「あたしを放り出さないで。あんな夜道を〈羽根飾り《フェザーズ》亭〉まで歩いてくなんて。いやと言ったら、ぜったいにいや！　やっぱり彼は生きてて、そこらを歩きまわってるのよ」

「だいじょうぶだよ」わたしはなだめにかかった。「ラッグが車で送っていくからね。何も怖がることはない。ちょっと手違いがあったんだ。遺体はどこかに移されたのさ。ひょっとすると葬儀屋が——」

それを聞いて、プッシーが顔をあげ、

「いや。あれは一時間足らずまえにはここにありました。この目で見たんです」

エフィはまた泣きわめきはじめた。「あの人と行くのはいや。あなた以外の誰とも行かない。怖いんだもの。あなたがあたしをこんなことに引きずり込んだのよ。あなたが連れ出してくれなくちゃ。連れて帰って！　連れて帰ってよ！」

彼女が肝をつぶすような大声をあげたので、プッシーがわたしに懇願するような目を向けた。

「あなたがお嬢さんを車で送ってくだされば」と警部はおずおず切り出した。「こちらはいくらか、事態に対処しやすくなるかと……。今すぐサー・レオにお電話したほうがよさそうですし」

わたしはラッグに訴えかけるような視線を向けたが、彼は目を合わせようとしなかった。かたや、エフィ・ローランドソンはわたしの肩に頭をあずけて涙に暮れている。まったく悪夢のように現実離れした、不快きわまる状況だった。小屋の外には、異様な光に包まれた不気味な庭が広がっている。そよとも風の吹かない、蒸し暑い夜だった。エフィは今や激しく震えおののき、卒倒でもしかねない様子だ。

「じゃあすぐにもどるよ」わたしはプッシーに言い、彼女を連れて、砂利敷きの小道の先にとめられた車へと急いだ。

〈羽根飾り亭〉は、村はずれの丘にぽつんと立った古い旅籠屋《はたごや》だ。村いちばんの宿ではないとしても、最高のビールを出すことで知られている。

エフィ・ローランドソンは車の助手席に這《は》いずるように乗り込み、わたしがとなりの席に腰をおろすと、まだ泣きじゃくりながら、ぴたりと身を寄せてきた。

「ショックだわ」と涙声で言う。「せっかく覚悟を決めてたのに、その必要がなくなっちゃうなんて。それだけじゃない。あのとき気づいたんだけど、ローリーは自力で出ていったのよ。あたしはあなたよりローリー・ピーターズと親しかったわ、キャンピオンさん。だから彼が殺されたと聞いても真に受けなかったの。彼は利口で、残酷なことが大好きだった。どこかそのへんに隠れてるんだわ」

「彼は今日の午後には死んでいた」わたしはぴしゃりと言った。「間違いなくね。今どき奇跡なんて起こらないから、たぶんまだ死んでいるだろう。そんなに騒ぎたてるほどのことじゃないのさ。きみがろくでもない経験をするはめになったのは気の毒だけど、遺体が消えたことには、何かごくまっとうな理由があるはずだ」

自分がひどくとげとげしい口調になっているのがわかり、いささかショックを受けた。この件には何やらひどく心をかき乱される面がある。死せる豚野郎のつかみどころのなさは、しだいに常軌を逸したものになり、いやがうえにも不安をかきたてた。

車が村を通り抜け、謎めいた、冷たい光の中にひっそり横たわる細長い荒野に出ると、エフィ・ローランドソンはぶるっと身を震わせた。

「あたしは想像力が豊かなほうじゃないけど、キャンピオンさん、ときおり妙なことが起きるって話を読んだりするでしょ？　もしも彼が道端のあの石堤のうしろからにゅっとあらわれてこちらに向かってきたら……」

「やめろ」ついつい、意図したよりも荒っぽい口調になった。「そんなことを言ってると、恐怖のあまりひきつけを起こすだけだぞ。これにはきっと、何か完全に筋の通った理由があるんだ。〈羽根飾り亭〉に着いたら、熱い飲み物でももらって寝床に就きたまえ。朝にはこの謎もきれいに解けてるさ」

エフィはさっと身を引き離し、「まあ、つれないのね」と、以前の態度にもどって言った。「だから言ったのよ、あなたはつれない人だって。そういう人って、大好きだけど」

彼女の態度がコロコロ変わるのには戸惑うばかりだったので、〈羽根飾り亭〉のまえに車をとめたときには大いにほっとした。古色蒼然たる漆喰《しっくい》塗りの旅籠屋の正面は暗闇に包まれていたが、驚くにはあたらない。深夜の零時近くになっていた。

「どのドアから入れるのかな?」わたしは尋ねた。

「〈集会室《クラブルーム》〉って書かれてるドアよ。でもきっと施錠されてるわ」

わたしは彼女を残して車をおり、教えられたドアをたたいてみた。しばらくは反応がなく、待ちぼうけを食らって苛《いら》つきはじめたとき、中でこそこそ動きまわる音がした。もういちどたたくと、今度はドアが開いた。

「やあ、ずいぶん遅かったねえ」思いもよらぬ声が言い、こともあろうにギルバート・ウィペットが青白い顔を月明かりの中へ突き出した。

あっけにとられて見つめていると、さすがの彼もわたしに気づき、いくらか動揺したようだった。

「あ……ええと……キャンピオン」ウィペットは言った。「やあ! もうずいぶん遅くないかい?」

彼が奥の暗がりに引っ込もうとするのを見て、はっとわれに返った。

「おい」と彼の袖をひっつかみ、「こらっ、ウィペット、どこへ行くつもりだ？」

彼は抵抗しなかったが、光の中へ出てこようともしなかった。それどころか、ひとたび手を放せばするりと背後に消え入りそうな雰囲気だ。

「ちょうど寝床に行こうとしてたんだ」彼はもぐもぐ言った。たぶん、わたしの質問に答えたつもりなのだろう。「そしたらきみがノックするのが聞こえたんで、ドアを開けてみたんだよ」

「じゃあ、しばらくここでぼくと話してもらおう」とわたし。「で、きみはここで何をしてるんだ？」

いつしか昔の詰問口調になってゆくのがわかった。ウィペットの反応があまり煮え切らないので、相手はついつい、妙に指図がましくなってしまうのだ。

返事がないので、わたしはもういちど尋ねた。

「ここで？」ウィペットは宿の建物を見あげた。「ああ、うん、ここに泊まってるんだ。ほんの一日か二日のつもりだけど」

ウィペットのせいで頭にきて例の娘のことを忘れ果てていると、背後で足音がした。

「ねえウィペットさん」エフィは息もつかずに話しはじめた。「彼が消え失せちゃったの！　死体が消えたのよ！　どうしたらいい？」

ウィペットが彼女に薄ぼんやりした目を向けた。その目にちらりと、警告の色が浮かんだような気がした。

「おや、ローランドソンさん」ウィペットは言った。「出かけてたんですか？　こんな遅くに」

さいわい、彼女のほうは芝居をする気などなかった。

「死体が消えたの」とくり返す。「ローリー・ピーターズの死体が消えたのよ」

ようやくその情報が脳に染み入ったのだろう。つかのま、ウィペットはあきらかに知的な顔つきになった。

「じゃあ空ぶりだったんだね？　いやあ、まずいぞ……これでまた面倒なことになる」声が尻すぼみに消えて、彼はとつぜんわたしの手を握った。「会えて嬉しかったよ、キャンピオン。いずれまた顔を見にいくからね。ええと――おやすみ」

彼はドアの奥へとあとずさり、エフィがあとに続いた。わたしはいとも冷静沈着に、片足を戸口に突っ込んだ。

「いいか、ウィペット。もしもこの件で何かぼくらを助けられるか、知ってることがあるんなら、さっさと話したほうがいいぞ。それで、ピーターズについて何を知っているんだ？」

彼は両目をぱちくりさせてわたしを見た。

「ええと……何も。ぼくはここに泊まってるだけなんだ。もちろん、噂は耳にしてるけど……」

ウィペットが暗がりに姿を消そうとした瞬間に、わたしはふたたび彼の袖をつかみ、

「きみは例の手紙を持っていたよな。ほかにも手紙を受け取ったか？」

「モグラがどうとかいうやつかい？　ああ、うん。じつを言うとね、受け取ったんだよ、キャンピオン。どこかに置いてある。ローランドソンさんにも見せたんだ。それより、死体を失《な》くしたなんてどえらいことだよね。川の中は調べてみたのかい？」

思いもよらない質問に、わたしはわけもなく苛立った。

「いったいどうして川の中なんだ？　何か知っているのか？」

興奮のあまり、意図したよりも少々きつく腕を締めあげたのだろう。ウィペットがとつぜん身をふりほどいた。

「ぼくなら川を調べてみるな。だって、わかりきったことじゃないのかい？」

そう言うなり、さっとエフィのかたわらにあとずさってドアを閉めようとした。ところが、こちらがまだ片足を突っ込んでいたので、彼は仕方なくまたドアを開いた。

ばつが悪そうだった。

「もうすごく遅いから」ウィペットは言った。「無礼なまねをする気はないんだ、キャンピオン。何なら、明日にでも会いにいくからさ。そちらだって、死体が見つかるまではどうしようもないはずだぞ」

わたしはためらった。ウィペットの言うことはもっともだったし、こちらもさっさと帰りたくてならなかった。とはいえどう見ても、彼にはまだまだ説明させたいことがある。たとえば、こんなところでエフィ・ローランドソンなんかと何をしているのだ？

その一瞬の躊躇《ちゅうちょ》が失敗だった。ウィペットがまえに踏み出し、こちらが思わずあとずさると、ドアが静かに——ほとんど礼儀正しく——わたしの鼻先で閉じられた。

わたしは彼をののしった。だがまた次の機会を待つことに決め、急いで車にもどった。その後は、Uターンして警察署へと飛ばしながら、この不可解な一件とウィペットの再登場を、どうにかつじつまの合う形で結びつけようとした。

一分足らずで半マイルを走破して、プッシー警部のコテージのまえで車をとめたまさにそのとき、反対方向からもう一台の車が着いた。運転席からおりたわたしは、それがレオの堂々たるハンバーなのに気づいた。ハンドルを握っているのはペッパーの息子で、後部座席からレオがわたしに呼びかけてきた。

「きみかね、キャンピオン？　何とも驚くべき事態だな！　プッシーが電話で知らせてくれたのだ」

　わたしは進み出てハンバーのドアを開けた。

「現場をご覧になりますか？」

「ああ、そうさせてもらおう。本来ならもっと早くに着いていたのだが、このとおり、バズウィック牧師を拾ってきたのでね。うちの屋敷から帰る途中で、ちょっとした事故に遭ったらしくてな」

　そう言いながらレオが片手をあげて車内灯をつけると、わたしはフィリップ・スメドリー・バズウィック牧師の青ざめた、ばつの悪そうな顔をまじまじと見おろした。

　牧師は柄にもない親しみを込めて微笑みかけてきた。彼は全身ずぶ濡れだった。ディナージャケットがぴたりと身体に張りつき、聖職者用のカラーがふやけてよれよれになっている。

「川に落ちたそうだよ」レオが言った。

第九章　〝そちらさまも、ご機嫌よろしゅう〟

「川に?」わたしはおうむ返しに言った。ウィペットの馬鹿げた言葉が脳裏によみがえる。「本当ですか?」

バズウィックはくすくす笑った。神経が参っているとしか思えない声だったが、レオは眉根を寄せて彼をにらんだ。

「いや、それほどたいしたことじゃなく」牧師は言った。「家まで近道をしようと湿地を横切ってたら、うっかり水路のひとつにすべり落ちてしまってね。這《は》い出したときには懐中電灯がなくなっていたんです。そのあと、どうにか道路にもどると、サー・レオがご親切にもわたしを拾って車に乗せてくださったんですよ」

さまざまな色まで見分けられるほど明るい月夜であることを思えば、どうにも信じがたい話で、わたしは当然、レオもそれに気づいたはずだと考えた。だが、レオはひとつのことしか考えられないたちなのだ。今はただただ、死体が消えた現場に向かうことしか頭にないようだった。

「まあいい、気にするな」レオは牧師に言った。「じきに家へ帰れるぞ。ペッパーに送っていかせよう。砂糖をたっぷり入れた熱い酒でも飲むといい。そうして毛布にくるまれば、大事にはなるまい」

「あの――どうも、ありがとうございます」とバズウィック。「そうさせていただければ何よりです。ご厚意に心より――」

その先は聞こえなかった。ペッパーの息子が――おそらく、一刻もはやく衝撃の現場に向かいたがっている主人の心中を察したのだろう――やにわにクラッチを入れ、バズウィックを連れ去ったからである。

もっと話を聞けなくて残念だった。つかのまの対面で牧師がわたしに示した驚くべき親愛の情は、少なからずうさん臭く思えた。

「どこで彼を見つけたんですか？」わたしはレオに尋ねた。

「下の道路だよ。あやうく轢《ひ》いてしまうところだった。あの男のことは心配せんでいい――ちょっと水に浸かっただけだ」警察署の門の掛け金と格闘していたレオは、何の興味もなさそうに答えた。

「ええ、わかっています。でも彼が〈高潮邸〉を出たのは十時十五分まえごろですよ。それにキングストンが車で送るつもりかと思ってましたけど？」

「ああ、そう、現に送っていったのさ」ようやく門のくぐり戸が開き、レオは安堵のため息をついた。「キングストンはホワイト・バーンの角で彼をおろした。本人があとは歩いて帰ると言ったんだ、湿地を横切れば、せいぜい五百ヤードの距離だからな。だがあの馬鹿者はつまずいて水路にころげ落ち、泡を食ってわざわざ道路にもどったのだよ。単純きわまりない話だ、キャンピオン。何の謎もない。さあ、きみ、行くぞ。こんな話は時間の無駄だ」

「しかし、もう真夜中なんですよ」わたしは指摘した。「水路から這い出すのに二時間もかかったはずはない」

「かかったのかもしれんぞ」レオはじれったげに言った。「根性のないやつだ。いずれにせよ、今はそんなことにかかずらっとる場合じゃない。考えねばならん深刻な問題があるのだからな。わたしは死体をもてあそぶようなまねは好かん。まるでこの土地らしくない。慎みを欠く。どうもいやな感じがするんだ、キャンピオン。ああ、プッシーが来たぞ。何かわかったことはあるのかね？」

プッシーとラッグが肩を並べてやってきた。どちらの顔も手に取るようにはっきり見えたので、どうしてバズウィックがウサギの巣穴ならまだしも、水路を見落としたりしたのか不可解だった。

プッシーが当初の迷信的な恐怖をとうに克服したのは一目瞭然だった。今では戸惑いよりも、ショックを感じているようだ。

「けしからんことです。いや、まったく」警部は言った。

それからわたしたちを裏の小屋へ連れてゆき、さいわいにもラッグがおとなしく背後に控えているうちに、調査の結果をごく簡潔に語ってみせた。

「窓はすべて、今ご覧になっているように内側からボルトがかけられ、ドアも施錠されていました。十一時十五分まえに何も異状はないか夜間の見回りをしたときも、死体はここにありました。その後、自分は署の表側の部屋にもどり、しばらくそこにいたあと二階へ引きとりました。ちょうど寝床に就《つ》こうかと考えていたとき、こちらのキャンピオンさんが若い婦人とラッグさんを連れてみえ、みなでこちらへまわってみると、死体が消えていたのです」

プッシーがしばし言葉を切り、深々と息を吸い込むと、レオがすかさず問いただした。

「きみはここの鍵を紛失したのかね?」

「いいえ、本部長殿」

レオは不可思議な話に直面すると、まずは誰かが嘘をついているのだと考える。わたしのとなりで彼が静かに、ふつふつと怒りをたぎらせるのが聞こえるようだった。

「プッシー、きみのことは以前からきわめて有能な警察官だとみなしているが」レオは不気味なまでに穏やかな口調で言った。「わたしにおとぎ話を信じろというのかね？　あの死体が窓から出たのでなければ、ドアから出ていったはずだし、そのドアのたったひとつの鍵をきみが持っていたのなら——」

プッシーが咳払いして、「失礼ながら」と切り出した。「さきほどラッグさんと二人で、何というか、発見したことがあるのです。この小屋は大通りの工務店のヘンリー・ロイル氏が建てたものですが、ラッグさんと自分が気づいたところによれば、同じ時期に建てられたこの一角のほかのいくつかの小屋にも、みな同じ錠前がつけられたようでして」

レオはみるみる怒りを鎮《しず》めて興味を示した。

「で、そのほかの鍵のどれかが失《な》くなっているのか？」

「いいえ、本部長殿。しかしロイル氏は近ごろよくこのあたりで作業をしていますから、あるいは——？」

警部は問いかけるように言葉を切った。

レオは毒づき、それで気持ちがほぐれたようだった。「まあいい。どのみち、そちらからの協力は得られまい。きみがわざわざここに鍵をかけとったのが不憫《ふびん》なぐらいだよ、プッシー。何の役にも立ちゃせん」とガラガラ声で言い、「いかにもこの土地らしいがな」とわたしに小声で言い添えた。

だがプッシーはほかにも重要な発見をしていた。彼はたいそう誇らしげに小屋のわきの荒れ放題の草地を進み、警察署の敷地の境界線となっているタールの塗られた塀のまえにわたしたちを導いた。三枚の板が蹴倒され、その向こうの細い小道にまっすぐ出てゆかれるようになっている。

「壊されたばかりです」とプッシー。「今夜やられたんですよ」

小道をざっと調べたかぎりでは何も見つからなかった。泥の路面は固く干からび、ところどころが雑草におおわれている。

みなが漠然と考えたことを口にしたのはプッシーだった。

「誰のしわざであれ、死体が運び去られたのは十一時十五分まえからキャンピオンさんが来られた二十五分すぎごろまでのあいだです。おそらくは車、あるいは手押し車が使われたのでしょう。ピーターズは重たい男でしたから。僭越《せんえつ》ながら、本部長殿、ここは朝まで待って、近所の連中に片っ端から話を聞くのがいちばんかと。夜が明けるまで、こちらにできることはなさそうです」

結局、当面はみな引きあげることにした。ペッパーの息子がレオを連れ去ると、わたしはラッグをラゴンダで帰らせた。ほどなくプッシーは寝床へ向かい、こちらは物置小屋の裏の草だらけの小道をぶらぶら進みはじめた。月は沈みかけ、すでに東の空がうっすら白みはじめている。空気がいくらかひんやりとして、〈高潮邸〉まで歩いて帰りたい気分になっていた。

小道はしばらく丈の高い生垣のあいだを通り抜けていた。プッシーが道路にもどる方法をわかりやすく教えてくれていたので、のんびり歩を進めながら、今回の件について考えてみた。

レオとプッシーは憤慨しきっているようだった。殺人にも動揺したとはいえ、これといった理由も見当たらないこの死者への冒瀆《ぼうとく》に、彼らは心底ショックを受けたのだ。

しかし、考えてみるとこの一件は、これまでわたしが気づいたどんな事実より重大なことを示唆しているような気がした。なぜなら――何も証拠がないのはわかっているが――この件のおかげで、ポピーの窮地を救いに駆けつけたレオの仲間たちは完全に容疑からはずれるように思えたのだ。豚野郎《ビッグ》の命を奪った少々滑稽《こっけい》な事故だけなら、彼らのうちの誰にでもごく容易に仕組めただろう。けれどその後、彼らの一人がこんな無茶なやり方で死体を引きずりまわすとは思えない。

残りの容疑者たちについて熟考し、バズウィックがでかでかと脳裏に浮かびあがってきたところで、わたしは小道のわきの野原へと踏み出した。その先はのぼり坂の斜面になっており、空を背に丸っこい姿をさらす、見あげるばかりの丘へと続いている。二マイルもの無用な遠回りを避けて道路に出るには、その丘の周囲を進み、もうひとつの野原を突っ切ればいいはずだった。

丘のふもとはほとんど真っ暗だったので、わたしは考えごとに没頭しつつ、ゆっくり足を進めていった。と、不意に丘の頂《いただき》の向こうから、じつに人間的だが世にも恐ろしい音が聞こえ、さっと髪が逆立つのを感じた。

豚野郎の咳払いだ。

静まり返った夜の闇を通して、ゼロゼロ喉を鳴らし、オーッと声をあげ、最後にホン！　と息を吐く音までが聞こえた。

子供時代の馬鹿げた恐怖がどっとよみがえり、つかのまわたしは足をすくませた。それから、全速力で丘をのぼりはじめた。風がひゅーひゅー耳元をかすめ、心臓がばくばくいっていた。

丘のてっぺんに着くと、とつぜん灰色の空を背にした何かのシルエットが見えた。予想だにしなかった光景なので、立ちどまってぽかんとそれを見つめた。三脚の台座に何かが据えつけられていて、最初は小さな機関銃かと思ったのだが、よく見ると、古めかしい望遠鏡だった。

おっかなびっくり足を進め、そのそばに近づいたとき、かたわらの地面から誰かが立ちあがった。わたしを待ちかまえるその男は、わずかな光に背を向けているので、小さな影絵のようにしか見えない。

わたしは立ちどまり、よりにもよって、こんな状況では何とも間抜けに聞こえそうなせりふを口にした。「やあ、ごきげんよう」

「そちらさまも、ご機嫌よろしゅう」かつて耳にした中でも指折りの不快な声が答えた。

相手がこちらへ踏み出すと、その一種独特のきざな足取りに気づいてわたしは胸を撫でおろした。

「ご令名は耳にしておりますぞ」彼は切り出した。「キャンピオンさんですな？」

「はい」とわたし。「そしてあなたはヘイホーさんですね？」

彼は笑った。少々わざとらしい声だ。

「いいぞ、ならば話は簡単だ」ヘイホーはつぶやき、「じつは今日はずっとお話しできる機会を楽しみにして、どうすれば人目につかない場所でお会いできるか、首をひねっておったのですよ。これは望外の喜びだ。そのような年のお方が夜明けに出歩かれるとは思ってもみなかった。今どきの若者はえてして、一日の大半を寝床ですごしたがるものですからな」

「そちらこそ、ずいぶん早起きですね」わたしはちらりと望遠鏡に目をやった。「日の出を見ようと待っておられたのですか？」

「さよう」ヘイホーはふたたび笑い声をあげ、「それ以外にも、いろいろと」

夜明けの二時に丘の上でそんな話をしているのが信じられず、わたしはふと、この老人は珍種の鳥を求めて国じゅうを飛びまわる、近ごろ流行《はや》りの自然愛好家の一人にちがいないと考えた。しかし、すぐにそうではないことがわかった。

「あんたはあの不運な男、ハリスの死について調べてなさるとか」ヘイホーは言った。「ならば、キャンピオンさん、こちらも大いに役立てそうなので、ひとつ提案させてもらいたい。まずまず妥当な金額で――それは今後の話し合いで決めるとして――ある非常に興味深い情報をさしあげますぞ。そちらが自力で集めればひどく時間を要するはずの情報、しかもこの一件をたいそう満足のいく結末へと導くはずの情報を。あんたのプロとしての名声はいや増し、こちらはむろん、いっさい栄誉にあずかることはない。そこで、仮に話がまとまれば……」

残念ながら、わたしは笑い飛ばした。その種の提案は、いやというほど聞かされてきたからだ。そして、さきほど耳にした咳払いについて思いをめぐらし、言ってみた。

「ハリスはあなたのご親族だったのでしょうね？」

ヘイホーはわずかに身をこわばらせ、肩をすくめた。

「甥っ子の一人だが、あまり義理がたいやつだったとは言えんでしょうな。あれはそう、たいそう裕福な若者だった。そしてこちらは――ご想像どおり、本来ならばむさ苦しい労働者のあばら屋で休暇を送ったり、つまらん野山をほっつき歩いて夜を明かしたりするような身分ではないのですがね」

何とも鼻持ちならない老人だが、あの咳払いの謎が解けたのはさいわいだった。

そのとき、あることに思い当たった。結局のところ、これまでにローリー・ピーターズがオズワルド・ハリスだと気づいたのはこのわたしだけなのだ。まあエフィ・ローランドソンはべつかもしれないが、彼女は疑いを抱いているだけだ。

「ええと」わたしはぶつぶつ言った。「それはつまり、甥御さんのローランド・ピーターズの話ですよね？」

大いに落胆したことに、うまくはぐらかされてしまった。

「わたしには甥が何人かいましてな、キャンピオンさん。あるいは〝いた〟と言うべきか……」ヘイホーはもっともらしい威厳を込めて言った。「それより、こんなことを強調したくはないが、こちらはこれをビジネス上の会見とみなしておるのでね。よければ、まずは条件を話し合うとしましょう。この件全体の完全にして内密の説明を五百ギニーでいかがかな？　むろん、いわば〝ばら売り〟にすることもできるし――」

老人があれこれ話すあいだもこちらは考え続けていたのだが、この時点ではっとひらめいた。

「ヘイホーさん」わたしは言った。「例のモグラの件は？」

ヒッと甲高い声を漏らしかけたヘイホーは、すぐにそれを呑み込み、

「ほう！」と警戒心と敬意のにじむ声で問い返してきた。「あのモグラのことを知っておるのかね？」

第十章　教区牧師の一杯

　わたしは答えなかった。何ひとつわかっていない現状では、ろくに言えることはなかったのだ。そこで、せいぜい謎めいて見えるように沈黙を守った。しかし、ヘイホーはその手には乗ってこなかった。

「あいつのことは気にもしてもおらなかったが」と予想外の答えが返ってきた。「たしかに、考えてみるべきなのかもしれん。貴重なご意見だ。言ってはなんだが、あんたは見かけによらず頭の切れる御仁《ごじん》のようですな」

　老人はため息をついて草の上に腰をおろした。

「うむ」左右の膝を抱え込んで続けた。「やはり、あんたとうまいこと手を結べれば、大いに成果があがるはずだぞ。で、例の条件の話にもどると……こんなことに固執したくはないが、目下のところ、経済状態がかなり逼迫《ひっぱく》しておるのでね。そちらはどこまで要求に応じる用意があるのかな？」

「一ポンドも出す気はありません」わたしはきっぱり――それでもいちおう礼儀正し

く言った。「甥御さんの死について何かご存じなら、それを警察に話しにいくのがあきらかにあなたの務めです」

ヘイホーは肩をすくめ、「まあ、それなら仕方ない」と未練がましく言った。「あんたにも機会はやったのだ。それは否定できんはずだぞ」

どうせ呼びもどされると思いつつ、彼に背を向けると、

「なあ、お若いの」ヘイホーは斜面を数歩ほどおりたわたしを呼びとめた。「そうあせらずに。頭を冷やして、この問題をじっくり話し合おうじゃないか。こちらはあんたにとって貴重な情報を持っておるんだぞ。なぜいがみ合わねばならんのだ?」

「本当に何か重要なことを知ってたら」わたしは肩越しにふり向いて言った。「とてもそれを口にする勇気はないでしょう」

「ああ、あんたはわかっておらんのだ」ヘイホーは大いに安堵したようだった。「こちらの立場は安全そのもの。失うものは何ひとつなく、得るものは山とある。ごく単純な話でな。わたしはたまたま、ある貴重な情報を手にし、それを現金化しようとしている。有望な買い手は二人。一人はあんた、そしてもう一人は、ここで名前を挙げるには及ばんある人物。当然ながら、こちらはいちばん高値をつけた者に売り渡そうというわけだ」

わたしはこの老人にうんざりしはじめていた。

「ヘイホーさん、ぼくは疲れているんです。もう寝床に就《つ》きたいんですよ。あなたはぼくの時間を浪費して、ご自分の馬鹿さ加減をさらしている。にべもない言い方ですみませんけど、そういうことです」

彼は立ちあがった。「いいかね、キャンピオン」がらりと口調が変わり、あのわざとらしい気取りは消えて、丸め込むような調子になっていた。「こちらはその気になれば、あんたに面白いことを話してやれるんだ。警察にはわたしをしょっぴいて脅しつけることはできても、拘束することはできんだろう。そんな理由はないからな。こちらは彼らに話す気はないし、無理やり話させたりはできんはずだ。しかし、いくらか払ってもらえれば、あんたの目を正しい方向に向けてやれるぞ。それはあんたにとっていくらの価値があるかね？」

「今のところ、ほとんど価値はありません」とわたし。「半クラウンってところかな」

ヘイホーは笑い、「それよりはましなはずだがな」と静かに言った。「もっとはるかに。しかし、わたしは裕福な男ではない。ここだけの話だが、今はまさしく手元不如《ふにょ》意《い》といったところなのだよ。では明日の朝、これほど早くはない時間にまた会うことにしてはどうかな？　ええと、七時に。そうすれば、こちらにはまる二十四時間の猶予ができる。べつの方面で満足のいく回答を得られなければ、まあ、少しは値引きするかもしれん。それでどうかね？」

いけ好かないやつではあるが、こんな調子のほうがいくらかましに思えた。

「例のモグラの件もお話しできそうですしね」わたしはしぶしぶ譲歩した。

ヘイホーは心得顔に目くばせを送ってよこし、「いいとも。あのモグラと――ほかのもろもろの件もな。では、明日の朝七時にここで会うということで――」

ふたたび背を向けかけたとき、ある考えが浮かんだ。

「そのもう一人の買い手とやらですが――ぼくなら、サー・レオには近づきませんよ」

今度のヘイホーの笑い声は自然なものだった。

「あんたは思ったほど利口なわけではなさそうだな」

それを聞いて、わたしは考え込みながら丘を下りはじめた。正直言ってその瞬間まで、あの老人がゆすりなどしようとは考えてもみなかった。

しかもその時点では、ヘイホーを二十四時間じりじりさせておくのも悪くはないと考えたわけだが、まえにも言ったようにその時点では、自分たちがどんな人間を相手にしているか気づいていなかったのだ。今でも自信過剰気味になったときには、あの丘の斜面でのちょっとした会話を思い出すことにしている。

〈高潮邸〉の私道をとぼとぼ進みはじめたころには、すっかり夜が明けていた。空気はさわやかそのもので、空は青々と澄み渡り、小鳥たちが声をかぎりに鳴き交わしている。

ダイニングルームのフランス窓なら掛け金が開けっ放しになっているのではないかと思いつき、そちらにまわり込んだとき、いささか不運なことが起きた。そんな時間に起きているいわれはないはずのジャネットが、ひょっこり自室のバルコニーに出てきてわたしに目をとめたのだ。

ふと見あげると、彼女が驚きと軽蔑の入り混じった目で、ディナージャケット姿でこそこそ忍び込もうとするわたしを見おろしていた。

「やあ、おはよう」わたしは無邪気に言った。

彼女の左右の頬に真っ赤な斑点が浮かんだ。

「ミス・ローランドソンを無事にお送りできたのならいいけど」ジャネットは言うと、こちらの説明も聞かずに部屋へもどっていった。

わたしは生ぬるい風呂に入って数時間ほど眠ったものの、八時ごろにレオが姿を見せたときにはもう起きて待ちかまえていた。二人で朝食のまえに庭をひとめぐりしにゆき、わたしは彼に頼みごとをした。

「あの男を見張らせろだと？」とレオ。「いい考えだ。あとでプッシーに電話しておこう。妙な名前だ、ヒャッホーとはな。偽名に決まっとる。だが漠たる疑念のほかにも何か理由があるのかね？」

わたしが丘の上でのやり取りを話すと、レオは初め、すぐにもヘイホーを拘引させようとした。

「それはどうかな」わたしは異議をとなえた。「あの男が今度の件にじかに関与したとは思えません――信じがたいほど危険なゲームをしているのでないかぎり。このまま泳がせておけば、われわれをもっと興味深い人物へと導いてくれるはずです」

「そういうことなら、好きにしろ。わたし自身は、手っ取りばやい方法のほうが好みなのだが」

あいにく――言うまでもなく――レオのほうが完全に正しかったわけだが、どちらもそのときはそうとは知らなかったのだ。

ジャネットは朝食の席にあらわれなかったけれど、彼女のことを気にしている暇はなかった。食事が終わるまえにキングストンがやってきたからだ。

颯爽《さっそう》とあらわれた医師は沸きたつばかりに興奮し、とうてい四十歳とは思えないほど若やいでいた。ごわついた金色の髪がくしゃくしゃに乱れ、ものうげな目がいつになく光り輝いている。

「見つけましたよ」彼は室内に足を踏み入れるなり宣言した。「夜更けまで書類を引っかきまわしていたんですがね、ついに捜し出しました。わたしがピーターズの件で連絡をとった弁護士事務所は、リンカーンズ・インの〈スキン・ステイン&スキン〉です。ご参考になりますかね？」

わたしがその名称を書きとめるのを、キングストンは期待を込めて見守った。

「何なら今日は休みをとって、彼らに会ってきてもいいですよ。それとも、あなたがご自分で行きますか？」

熱意に水をさしたくはなかったが、これほど探偵ごっこをしたがるところを見ると、キングストンの人生はよほど退屈なのだろうと思わずにはいられなかった。

「いや、やめておきます」わたしは言った。「当面、そちらはあとまわしにするしかなさそうなんですよ。死体が消えてしまったので」

「へえっ！　本当に？」キングストンは嬉々とした顔になり、わたしが事情を説明すると、勢い込んでしゃべりはじめた。「事態が動きだしたわけですね？　それじゃ弁護士のほうは、しばらく放っておくしかないでしょう。何かわたしにできることはありますか？　これからひとっ走り〈騎士団〉に若い患者の様子を見にいかなきゃならないし、ほかにも何人か診察することになっているけど、その後は何でもお手伝いできますよ」

「ぼくもポピーに会いにいこうと思っているんです」とわたし。「よければ、ご一緒させてください」

レオはわたしたちを残して銃器室へ退《しりぞ》き、プッシーに電話をかけていたので、しばらくあとで様子を見にいってみた。彼はわたしのいささかあわただしい説明に、思いのほか理性的に耳をかたむけた。

「ちょっと待て」こちらが話し終えるとレオは言った。「きみはその古い知人のピーターズとハリスのあいだに何か関係があるのではないかとにらんでいる。そこでわたしからロンドンの連中に連絡し、その弁護士たちと接触させて、遺体の確認を打診してみてほしい、と。それでいいのだな？」

「はい」とわたし。「それから、いちおうあちらのほうで問題の二人、ピーターズとハリスについてざっと調査をしてもらえませんかね。ぼくがとくに知りたいのは、ハリスがどこで金を手に入れたのか——何か保険にでも加入していたのか、といったことです。ずいぶん漠然とした話なのはわかってますが、ひょっとしたらその弁護士たちが何か知っていないともかぎらない。とにかく彼らのことは慎重に扱う必要があるでしょう。つまり、電話ですませるのはどうかと思うんですよ」

レオはうなずいた。「よし、いいだろう。このおぞましい事件の真相に少しでも近づく助けになるのなら……ああ、それと、プッシーが例のヒャッホーとやらに見張りをつけるはずだ」

レオは不意に言葉を切ってわたしを見つめた。

「願わくば、あいつの導く先にいる人物が……」

そこで、力なくふつりと口をつぐんだ。

「これから〈千鳥足の騎士団〉へ行ってみるつもりです」わたしはぶつぶつ言った。

レオはおほんと咳払いして、「わたしもあとから行くとしよう。あまり彼女を脅かすんじゃないぞ、キャンピオン。それだけはやめろ。あんなことに彼女が関与したとはとても思えん。気の毒な、か弱い女性だよ」

キングストンはおもての私道で待っていた。彼は大はりきりだった。ことの展開に興奮しきっているようだ。

「あなたにとっては、めずらしくもないことなんでしょうがね」となりの席に乗り込んだわたしに、ちょっぴり羨ましげに言った。「このあたりじゃ何ひとつ事件なんか起きないんだから、興味を持たないほうがどうかしてますよ。人間の心が他人の悲劇にこんな反応を示すとは、いささか衝撃的じゃないですか。もちろん、わたしはハリスと懇意だったわけじゃないけど、何度か目にしたかぎりでは感心できない男でしたね。まあ、あんなやつはいないほうが世のためとでも言うか。彼が死ぬ直前、少なくとも一時間かそこらまえにも姿を見かけたけれど、とんだごくつぶしだと思ったのを憶えてますよ」

こちらはいろいろ考えなければならないことがあったのだが、無礼な態度はとりたくなかったので、なかば上の空で尋ねた。

「それはいつのことですか?」

キングストンは話したくてうずうずしていた。

「〈騎士団〉の階段で鉢合わせしたんです。わたしが気の毒な黄疸《おうだん》の患者を診察しにあがっていくと、ハリスがよろめきおりてきたんですよ。あれほどひどい二日酔いの男は見たことがない。どんよりした目で、だらりと舌を垂らしてわたしの横をすり抜けていきました。おはようとも何とも言わずに——ほら、どんなタイプかわかるでしょう?」

「あなたのその患者さんですが」わたしは言った。「彼女は例の一件が起きたとき、ずっと上の階にいたはずですよね……？」

キングストンは肝をつぶしてわたしに目を向けた。「メイドのフロッシーですか？ ええ、たしかに。でもそいつは見込みちがいですよ。彼女は建物の裏側の小さな屋根裏部屋にいたんですから。それに、会えば一目でわかります。今は少しはましになったけど、あの気の毒な娘は二日まえには立ちあがることもできなかったんです。とはいえ、何か耳にしてるかもしれない。訊いてみましょう」

わたしがそれには及ばないと言うと、キングストンはまた楽しげにおしゃべりを続け、ありとあらゆる無益な提案をした。たまに注意をかたむけると、彼への同情がこみあげた。殺人でも起きなければ興味を持てない人生なんて、さぞかし退屈きわまりないのだろう。

目的地に着くと、キングストンはまっすぐ患者を診《み》にあがってゆき、こちらはラウンジでポピーを見つけ出した。まだ早い時間だったので、ほかには誰もいなかった。ポピーはわたしに会えて喜んでいるようで、いつもどおり、すぐに何か飲み物を用意すると言い張った。

わたしはとなりのバーまでついてゆき、キングストンがもどるまえに質問をすませてしまおうと、せっせと飲み物を作りはじめた彼女に、ずっと気になっていたことを尋ねた。

「あなたは昨日の朝のことをごく鮮明に憶えているんでしたよね？　誰かあの事故のしばらくまえに、ここを離れた客はいましたか？　騒ぎが起きたときにはここにはいなかったけど、その半時間かそこらまえにぶらぶら姿を消した人物が」

ポピーは冷蔵庫のトレイから小さな氷の塊《かたまり》をすくいあげる途中で手をとめた。

「いいえ、いなかったわ。教区牧師をべつにすれば」

わたしは眼鏡をはずした。

「バズウィックですか？」

「ええ。あの人はいつも正午近くに来るの。アメリカ風のハイボールがお好みよ、ちょうど今、あなたに作っているような。飲むのは決まって一杯だけ。昼ごろにちょっとだけ顔を出し、一杯やって、また早足で出ていくの。昨日はわたしが戸口まで送っていったわ。彼はいつも裏の菜園を通り抜け、牧師館の原っぱにつながる踏越し段《スタイル》へと歩いてくのよ。なぜ？」

わたしは手渡されたグラスを見おろし、琥珀《こはく》色の液体の中の氷をぐるぐるまわし続けた。思えばそのとき、事件の全貌が目のまえに浮かびあがっていたのだ。

あいにく、わたしに見えたのは半分だけだったが。

第十一章　〝彼はなぜ水びたしにされたのか？〟

まだあれこれ考え込んでいたとき、ポピーがそっとわたしの腕に手を触れた。見ると何やらもどかしげに、ぽっちゃりした顔を赤らめている。

「アルバート」彼女は不意に、声をひそめて言った。「キングストンがおりてきたから今はだめだけど、あなたに話したいことがあるの。しいっ！　ほら、彼よ」

ポピーはカウンターの中にもどって、グラスをいじくりまわしはじめた。キングストンが意気揚々と入ってきた。

「彼女はもう心配ありません」とポピーに晴れやかな笑みを向け、「一日か二日もすれば元気になるでしょう。あまり脂っこいものは食べさせないでください。じゃあ、上へあがって彼女と会ってみますか、キャンピオン？」

ポピーが眉をつりあげるのを見て、キングストンは説明した。ポピーはそれを一笑に付した。

「あの子にはそんな力も、知恵もないはずよ。仮にあったとしても、あんなことはするものですか。ほんとにいい子なの、うちのフロッシーは。まったく、フロッシーを疑うなんて！　そんな馬鹿な話は聞いたこともないわ」

だが、キングストンはどうしても行こうと言い張った。ほかに差し迫った用事でもあれば、何とか首を突っ込もうとする彼にほとほとうんざりしていたことだろう。だが当面、ほかにすることもなかったので、彼について上階の迷路のような廊下を通り抜け、思わぬ場所にあらわれる階段をのぼって、ついに例の納戸とは反対側の端にある小さな屋根裏部屋にたどり着いた。

フロッシーと引き合わされるや、彼らの言うとおりなのがわかった。メイドの小さな黄ばんだ顔は見るも哀れで、何の関心も示していなかった。キングストンがいくつか質問し――昨日は何か耳にしたか？　この部屋から出たか？　いつもとちがうことがあったか？――彼女はそのすべてに、本当に具合の悪い者ならではの疲れきった忍耐強さで「いえ、先生」と答えた。

わたしたちはフロッシーの部屋をあとにして、もういちど納戸をのぞきにいった。このまえわたしが見たときと何も変わらなかったが、キングストンはひどくもったいぶって知識をひけらかそうとした。この新たな役割に酔いしれているようだ。

「そこに掻き傷がありますよ」と、こちらがとうに気づいていた傷を指さし、「それから何かわかりませんかね、キャンピオン。かなり新しいものみたいだ。少し指紋を採ってみてはどうかな？」

わたしは荒塗りの壁を悲しげに見つめ、彼を階下へ連れもどした。

そのあと、ようやくキングストンを厄介払いした。彼が警察署まで送っていくと言い出したので、レオが拾いにきてくれるはずだからと断ったのだ。そう言いながら、ちらりとポピーに目をやると、彼女が頬を赤らめるのが見えた。

わたしたちは窓辺にたたずみ、キングストンの車が私道の先へ消えてゆくのを見守った。ポピーがため息をついた。

「あの人たちは退屈なのよ。気の毒に、みんな退屈しきっているの。キングストンは気のいい人で、他人の不幸をむさぼるようなまねをしたいわけじゃないのよ。でもこういうことは何でも、往診先で話題にできるでしょ。毎日いろんな人に会いにいくのにひとつも話の種がなかったら、さぞ辛いだろうと思わない？」

「まあね、そうなんでしょうけど」わたしは疑わしげに答えた。「ところで、ぼくに話したいことって何ですか？」

ポピーはすぐには答えず、ぱっと顔を赤らめた。何かを告白しようとしている、うしろめたげな大きな赤ん坊さながらだった。

「昨日、ちょっとレオと話したときのことよ」彼女はついに切り出した。「もちろん、とくに気にしてるわけじゃないけど、お客さん、というか、お友だちと仲よくするのは大事なことですものね。あたし、彼を怒らせちゃったみたいなの。馬鹿な嘘をついて、そのあと説明するのがいやになったのよ。そういうことって、あるでしょう?」

ポピーは言葉を切って、じっとわたしを見つめた。

「わかります」わたしはにこやかに答えた。

「馬鹿げたことに、ほんとはどうでもいい話なの」ポピーは両手の指輪をもてあそびながら続けた。「ここの人たちはみんな、恐ろしく旧弊な俗物なのよ、アルバート」

話がよくわからなかったので、わたしはそう言った。

「だからね、ヘイホーのことなの」彼女はぶちまけた。「彼はそりゃあひどい成り上がり者だけど、たぶんごく人間的なだけなのよ、アルバート。それにあの人だって、ほかのみんなと同じで生きていかなきゃならないわ。そうでしょう?」

「ちょっと待った」とわたし。「少し話を整理しないと。ヘイホーはあなたのお友だちなんですか?」

「あら、友だちなんかじゃないわ」ポピーは苛立《いらだ》たしげに打ち消した。「だけど先週、力になってほしいと頼まれたのよ」

そこでぴんときた。

「彼は金を借りにきたんですか？」

「まさか！」ポピーはショックを受けたようだった。「たしかにひどく困ってはいたわ、気の毒に。事情を話してくれたから、一ポンドぐらい用立てたかもしれない。でもあれじゃお金を貸したうちには入らないはずよ。つまりね、ダーリン、こういうことなの――彼はあのいやらしいハリスって男がここに居座った二日ほどあとにやってきた。ちょうどこちらがハリスの本性に気づきはじめたところへあの哀れな老人があらわれて、わたしと内密に会いたいと求め、一切合切を話してくれたのよ。ハリスは彼の甥で、あれこれいかさまをしたあげく、どうにかして――正確にどうやってかは忘れたけど――その妙な小細工であの老人の全財産を巻きあげてしまったの。で、彼はそれを取りもどすためにハリスと二人だけで会いたがっていて、わたしに助けを求めてきたわけ。わたしは彼をハリスの部屋に通して――」

「何ですって？」わたしは肝をつぶした。

「だからね、ハリスの部屋はどこか教えて、彼を上の階へ行かせたの。もう何日かまえのことだけど。そしたらすごい口論になって、気の毒なヘイホーは罵声を浴びながら飛び出してきた。そしてそれきり、ここには寄りつかなかったわ――昨日の夕方、たまたまレオが見かけるまではね。わたしはそんなことを洗いざらい説明したくなかったの。だってヘイホーは昨日の朝はこの家に近づきもしなかったのに、騒ぎに引きずり込んでも意味はないでしょ。それでついつい、ぶっきらぼうに答えたものだから、レオはむくれてるのよ。あなたからきちんと話しておいてちょうだい、アルバート。さあ、もう一杯やって」

飲み物のほうは遠慮して、もうひとつの件については最善を尽くすことを約束した。

「でもヘイホーが昨日の朝、ここに近づかなかったとどうしてわかるんですか?」

ポピーはうすのろでも見るような目でわたしを見た。

「あら、自分の家で起きてることぐらいはわかってるつもりよ。この近辺でわたしが愛すべき馬鹿なお婆ちゃんと考えられてるのは知っているけど、これでも完全にぼけてるわけじゃない。それに、みんながあのときのことをさんざん尋ねられたのに、ヘイホーの話はまったく出てきていないのよ」

「彼はあとでなぜここに来たのかな?」

「夕方のこと? ええと——」彼女はまた言いよどみ、「説明するのはむずかしいけど、彼はわたしを励ましにきたの。こんな大変なときに紳士気取りの田舎者に囲まれてるのはどんな気持ちかよくわかる、世事に通じた男として力になりたいって」

ポピーはしばし考え込んだあと、

「要するに、一杯せしめにきたんでしょうね」と醒《さ》めた口調でつけ加えた。これだから、彼女は侮《あなど》りがたいのだ。

「またいくらか金を貸したんですか?」わたしは遠慮がちに尋ねた。

「半クラウンだけね。レオには内緒よ。彼はあたしのことを大馬鹿者だと思ってるんだから」

わたしの注意はバズウィックへともどった。やがてようやくポピーはわたしを外へ連れ出し、菜園を通って牧師館の垣根へと続く小道へ案内してくれた。人目につかない細い小道で、おい茂る果樹の葉っぱにほとんどおおい隠されている。そこからもどると、わたしは彼女に向きなおった。

「ええと……警察が昨日の朝の出来事についておたくの使用人たちを質問攻めにしたのは知っていますし、彼らをまたまた動揺させたいわけじゃないんです。でもあなたの口からそれとなく、噂話でもするみたいに尋ねてみてもらえませんか? 例の事故のしばらくまえに、上のほうの階をうろついてる人間がいなかったかどうか。バズウィックなら、難なくここへもどれたはずですから」

「教区牧師が!」ポピーは言った。「そんな……! よもやあなたは……まあ、アルバート、よしてちょうだい！」

「もちろんちがいます」わたしは大急ぎで言った。「ただ、彼が上の階にいた可能性はあるのかなと思って。それなら興味深いというだけですよ」

「調べておくわ」ポピーは決然と答えた。

わたしは礼を述べ、わずかに警告の響きを込めて、余計な噂話が法に触れることを言い添えた。

「わかっていますとも！」ポピーは言ったあと、ぱっと顔を輝かせた。「あれがその迎えの車？」

二人で戸口へと急ぐあいだ、ポピーはぴっちりカールした白髪まじりの頭をしきりに撫でつけていた。だが玄関の外にとめられたのは、レオではなくラッグが乗ったラゴンダだった。いわくありげなしぐさで手招きされて急いでそばへゆくと、あの馬鹿でかい真ん丸な顔に異常な興奮がにじみ出ているのが見えた。

「さあ、乗った」ラッグは言った。「大将が署でお待ちですぜ。旦那に見せたいものがあるとかで」

「死体が見つかったのか？」

ラッグはがっかりしたようだった。「また例の透視能力が働いたようですな。ああ、おはようございます、奥さん」彼はわたしの肩越しにポピーに流し目をくれた。過去の幾多《いくた》のビールの思い出に敬意を表してのことだろう。

「ほんとにすみません」わたしは彼女に説明した。「すぐに行かなきゃならないんです。レオが警察署で待っているので。何かあったらしくてね。騒ぎが一段落したら、レオをこちらへ寄らせます」

ポピーはわたしの腕をぽんぽんたたき、「そうね」と熱を込めて言った。「そうしてちょうだい。彼は大事なお友だちなの、アルバート。最高のお友だちの一人よ。わたしが馬鹿だった、後悔していると伝えて。ただし——次に会ったときはそのことにはもう触れないようにって」

わたしはラッグのとなりに乗り込んだ。

「で、あれはどこにあったんだ?」車が猛スピードで走りだすと、詰問口調で尋ねた。

「川ん中ですよ。まったくひどい話だ。釣舟に乗ってた連中が拾いあげたとか。例の旦那の魔法の貝殻がここにありゃあ、何かわかるんでしょうがね」

わたしは聞いていなかった。ウィペットのことを考えていたのだ。ウィペットと相次ぐ匿名の手紙、ウィペットとエフィ・ローランドソン、そして今度はウィペットと彼の驚くべき推理——もしもあれが推理ならばだが。この件に彼がどうかかわっているのか、見当もつかない。ウィペットはこちらの予測を片っ端からくつがえしていた。あいつと少し話してみなければ、とわたしは決意した。

ラッグはふさぎ込んでいた。「どうも、おかしな場所に来ちまったみたいだ。まずは男の頭をたたき割り、次には川に放り込む……ったく、世の中には決して満足しないやつらがいるんだね」

わたしはつと背筋をのばした。それはわたしもずっと気になっていたのだ。なぜ死体をわざわざ川に？　まず間違いなく、いずれは発見されてしまう場所なのに。

小さな死体置き場に着いたころには、明白な答えが脳裏に浮かびあがっていた。小屋の中にはレオとプッシーのほかに、死体を見つけた二人の興奮しきった釣り人たちがいた。わたしはレオをわきに引っ張っていったが、彼はすぐには耳をかたむけようとしなかった。すっかり頭にきていたのだ。

「じつに不埒《ふらち》なふるまいだ。恥ずべき行為だよ。まったくどうなっとるんだ、キャンピオン。よりにもよって、この村で！　しかも何の意味もない、つまらん悪ふざけだぞ」

「そう思われますか？」わたしは尋ね、ある提案をした。

レオは信じられないと言わんばかりに、青い両目でわたしを見つめた。彼は警察官には似合わず、同胞《どうほう》たちの生来の慎み深さにびっくりするほど信頼を抱いているのだ。

「その道のベテランが必要です」わたしは言った。「必要な技術があるのは当然として、しっかり秘密を守ってもらえそうな人物が。この近辺に誰かいますか?」

レオはしばらく考え、やおら答えた。「ラッシュベリーに昔なじみのファリンドン教授がいる。彼にはいつぞや、その手のことを依頼した。だがきみにも死因があきらかなことぐらいはわかっとるはずだぞ。検死解剖をする正当な理由はあるのかね?」

「変死の場合は常に検死が認められるはずですよ」わたしは指摘した。

レオはうなずき、「きみは昨日あの死体を見たとき、何かその必要性を感じるような事実に気づいたのかね?」

「いいえ」わたしは正直に言った。「いや、気づきませんでした。でも今度の件で事情が一変したんです。水には特異な性質がありますからね」

レオは首をかしげた。

「どういう意味だ?」

「つまり、水はいろいろ洗い流してしまうからですよ」わたしは答え、その場を離れてウィペットを捜しに向かった。

第十二章　気がかりな要素

車に乗り込む寸前に、今度の騒ぎで忘れてしまっていたことを思い出し、急いで引き返してプッシー警部を捜し出した。

「ご心配なく。あの男には見張りをつけてあります」警部はわたしの問いに力強く答えた。

それでもわたしはぐずぐずし、「ヘイホーは油断ならないやつだからな」と思いきって口にした。「それに、警戒心を抱かせないことが大事なんだ」

プッシーは気分を害したりはしなかった。ただし、わたしのことをいささか心配性な男だと思ったようだ。

「なに、うちのバーキンに任せておけば気づかれやしません、イタチにあとをつけられてるようなもんですよ。どうぞご安心ください」

おかげで大いにほっとして、ふたたびその場を立ち去りかけたとき、今度はレオにつかまった。彼はまだ検死の必要性に疑問を抱いており、結局、わたしはまたもや豚《ビ》野郎《ツグ》の無残な死体を見にもどるはめになった。二人で捜してみると、ひとつかふたつ興味深い痕跡があり、最終的にはレオも納得してくれたので、わたしはようやくそこを離れた。

もうかなり遅い時間になっていて、〈羽根飾り亭〉に着いたのは二時少しまえだった。宿のおかみは、いかにも東部の人間らしい痩せこけた無口な女で、ろくに役に立たなかった。しばらくかかってやっとのことで、わたしが会いたいのはウィペットなのだと理解させることができた。

「ああ」とおかみは言った。「金髪の若い紳士だね、ものやわらかっていうか、うすのろみたいな。ええと、ここにはいませんよ」

「しかし彼は昨夜はここに泊まったはずですよ」わたしはねばった。

「ああ、そう、昨夜はここに泊まったし、まだ泊まってるけどね。今はいないんですよ」

「じきにもどってきそうかな?」

「何とも言えないね」

そのとき、ウィペットがおかみに口止めしたにちがいないと思い当たった。じつに彼らしくもないことだ。ウィペットへの興味はいよいよ高まった。

宿にはエフィ・ローランドソンも見当たらず、彼女もまた外出中のようだった。だが二人が一緒なのかべつべつに出かけたのかも、おかみは言おうとしなかった。

結局、すっきりしない気分のまま〈高潮邸〉にもどるはめになった。当然ながら昼食の時間はすぎていたので、ペッパーが運んでくれたものをダイニングルームで一人わびしく食べた。執事は恰幅《かっぷく》のいい身体の端々に悲嘆と失望をにじませていた。あれやこれやで、彼のわたしに対する評価は急落していたのだ。

食事がすむと、ペッパーはわたしに向きなおった。

「ジャネットお嬢様はバラ園においでです」その言葉はあきらかに、殺人があろうとなかろうと、客人は屋敷の女主人に一定の敬意を払うべきだと告げていた。

わたしはその叱責《しっせき》を素直に受け入れ、償《つぐな》いをしに出ていった。暑いけれども不快ではない、光あざやかな夏の一日だった。庭には色とりどりの花が咲き乱れ、空気は穏やかに澄みきっている。

ラヴェンダーの茂みにはさまれた緑の小道を進んでいると、不意に話し声がして、そのどこか耳慣れた響きに注意をとらわれた。バラ園に近づくと、こちらに背を向けてとなり合わせに置かれた二脚のデッキチェアが見え、ジャネットの笑い声が聞こえた。

わたしの足音に気づいて彼女の連れが起きあがり、頭と左右の肩がにゅっと椅子の背の上にのぞくと、わたしの胸に安堵と不当な苛立《いらだ》ちの入り混じった奇妙な感情が渦巻いた。何とウィペットではないか。しかも小ざっぱりした白いフラノの上下という、やけに涼しげなくつろいだ装《よそお》いだ。彼はわたしを見るなり、可愛げのないせりふを吐いた。

「キャンピオン！　やっと見つけたぞ。いやぁ――よかった。ずっと捜してたんだ、村じゅう走りまわってさ。あっちこっちへ」

彼は片手をものうげに大きく左右にふり動かした。

「ちょっと忙しかったのさ」わたしは無愛想に言った。「やあ、ジャネット」

彼女は笑顔でわたしを見あげ、「こちらの方はすてきなお友だちね」と最初の言葉にいささか不要な力を込めて言った。「まあおすわりなさい」

「うん、それがいい」ウィペットが相槌《あいづち》をうち、「あそこに椅子がある」と、芝地の反対側にたたんで積まれたデッキチェアを指さした。

わたしはその中のひとつを取ってきて広げ、彼らの向かいに腰をおろした。

ウィペットはわたしが椅子をセットするのを興味深げに見守り、「けっこう複雑な仕組みなんだね」と感想を述べた。

わたしはウィペットが先を続けるのを待ったが、彼は陽射しを浴びて寝そべっているだけで大満足のようだった。かたわらには、たっぷり襞《ひだ》をとった白いドレス姿のいとも愛らしいジャネットがいる。

わたしは果敢に切り出した。「見つかったよ、例のものが——川の中で」

ウィペットはうなずいた。「それは村で耳にした。その悲惨な事件で村じゅうが動揺しきってるみたいじゃないか。ひどく浮足立った気分が蔓延《まんえん》してさ——きみは気づいたかい？」

何とも腹立たしい言い草で、わたしはまたもや、大人になって初めて再会したあのときのように、ぴしゃりと横っ面《よこつら》を張りたい思いに駆られた。

「それより、きみにはいろいろ説明してもらわなきゃならないことがある」ジャネットが席をはずしてくれればと願いつつ、わたしは言った。

意外にも、ウィペットはまともな答えを口にした。

「そうだね。わかってる。それできみを捜してたんだ。ひとつには、ミス・ローランドソンのこともあるし。彼女はひどくうろたえちゃってね。今は牧師館に行ってる。ぼくには何て助言したらいいのかわからなかったんだ」

「牧師館に？」わたしはおうむ返しに言った。「いったい何のためにだ？」気づくと、ジャネットが興味深げに耳をそばだてていた。

「ああ、助けを求めてさ」ウィペットは漠然と答えた。「どこかの村で心が揺らいだら、誰でも教区牧師のところへ行くものだろう？　善行を積むか何かしに。ああ、そうだ――それで思い出したけど、これをどう思う？　今朝がた届いたんだよ。一目見るなり、『これはキャンピオンに見せなきゃ、キャンピオンならきっと興味を持つぞ』と思ってね。きみにも届いたかい？」

ウィペットは話しながら、折りたたまれた一枚のタイプ用紙を札入れから取り出した。それをわたしに手渡し、「消印はまえのやつと同じだ。でもおかしな話だろ。ぼくが〈羽根飾り亭〉に泊まってることを誰かに知られてるとは思わなかったよ。もちろん、きみはべつだけど――つまりその、きみにはそんな時間はないはずだよね、たとえ――」

ウィペットの声が尻すぼみに消え、わたしは三通目の匿名の手紙に目を走らせた。今度はごく短いものだが、これまでと同じ機械を使い、これまでと同様、誤字ひとつなく几帳面にタイプされている――


毛皮商人は迫れど、彼は地中にひそみ、忍耐強く待つ。

その熱き心に安らぎと希望を抱いて。
両の手を腹の上で組む彼のその信念は、
山をも、あるいは彼のささやかな塚をも動かす。

それだけだった。

「これから何かわかるか?」わたしはついに尋ねた。

「いや」とウィペット。「ぜんぜん」

わたしはふたたびざっと目を通した。

「この〝彼〟って誰だろう?」

ウィペットは両目を細めてわたしを見た。「誰とも言えないんじゃないかなあ。ぼくは例のモグラかと思ったけど。ほら、〝彼のささやかな塚〟ってあるからさ」

ジャネットが笑い声をあげ、「いったい何の話なの? あなたたちにはわかっているんでしょうけど」

ウィペットは立ちあがった。「じゃあ、もう帰ったほうがよさそうだ。キャンピオンに会えて、用事は片づいたわけだから。お邪魔させていただいてありがとう、ミス・パースウィヴァント。ほんとにご親切に」

わたしは彼に別れを告げさせておき、それから、自分が門まで送っていくと主張した。

「いいか、ウィペット」ジャネットに聞こえないところへ来るや、わたしは言った。「きちんと説明してもらうぞ。きみはこの件にいったい何のかかわりがあるんだ？　なぜここにいる？」

ウィペットは困惑しきった顔をした。「あのエフィって娘《こ》のせいだよ、キャンピオン。彼女はほら、すごく押しが強いんだ。豚野郎の葬式で会ったあと、いわば抱き込まれちゃってさ。昨日もここまで車で送ってほしいと言われて一緒に来たんだ」

ほかの者から聞かされれば信じがたい話だが、ウィペットならうなずける気がした。

「で、例の手紙は？」と食いさがってみた。

ウィペットは肩をすくめた。「匿名の手紙っていうのは、破り捨てることになってるんだろう？　破り捨てるか、記念にしまっておくか、額縁に入れて飾るか――どれでもいいけど、真面目にだけは受け取っちゃいけない。けどさ、あまり何度も続くと、ふと考えずにはいられなくなるみたいなんだ――『いったい誰がこんなものを書いてるんだ？』って。すごく迷惑だけど、あのモグラのくだりは気に入ってるんだよ。じゃあ、ぼくは〈羽根飾り亭〉にいるからね、キャンピオン。ずっとあそこにいると約束する。きみが暇を見て寄ってくれたら、一緒にこの件をじっくり考えてみよう。じゃあまた」

わたしは彼を行かせた。いざ話してみると、これほど人心を揺るがすような事件に深くかかわるエネルギーがウィペットにあるとは思えなくなったのだ。

ぶらぶらバラ園へ引き返しながら、わたしは初めて、あのモグラについて真剣に考えてみた。ウィペットが匿名の手紙について言ったことはおおむね事実だ。いったい誰があんな手紙を？　ヘイホーは教養のある男だし、バズウィックも同様だが、そうは言っても彼らのどちらかがなぜ、あんな手紙をわたしとウィペットの両方に送りつけたりするのだ？　説明がつかないように思えた。

そうこうするうちに、ジャネットがわたしを迎えにやってきた。あまり機嫌がよさそうではない。

「余計な口出しはしたくないけど」じつはその正反対であることを示す声音《こわね》と言いまわしだった。「彼女が気の毒なバズウィックにまとわりつくのを許しておくべきじゃないと思うわ」

「誰がだい？」わたしは一瞬、虚を突かれた。

ジャネットは怒りを燃えあがらせた。「まあ、憎たらしい人。誰のことか、よーくわかってるでしょうに。あの恥知らずの馬鹿な小娘……エフィ・ローランドソンのことを言っているのよ。あんな娘をこの村へ連れてくるだけでもどうかと思うのに、彼女がお人好しの無防備な人たちを食いものにするのを放っておくなんて。こんなことを言わなきゃならないのは辛いけど、アルバート、ほんとにあなたにはムカつくわ」

エフィ・ローランドソンの弁護などする義理はなかったが、こちらは疲れていたし、バズウィックが罪なき子羊の代表例として挙げられたことにはむっとした。

「いいかい、お嬢さん」わたしは言った。「バズウィックが昨夜、ずぶ濡れの姿で見つかったことは聞いてるだろう。彼は帰宅途中で水路に落ちたとかいう馬鹿げた話をレオにした。ところがあいにく、そこから這《は》い出て道路にもどるのに二時間近くもかかっていて、その間《かん》の経緯を説明してもらう必要がありそうなのさ。ハリスの死体がひょっこり——ええと——ある場所で見つかったのでね」

わたしはジャネットのほうを見ずに話していたのだが、小さな悲鳴を聞いて目をやると、彼女は頰を真っ赤に染めて、怯《おび》えたように両目を見開いていた。

「まあ……そんな！　ああ！　何て恐ろしい！」

ジャネットはとめる間《ま》もなく、だっと屋敷へ駆けもどっていった。もちろん、急いであとを追ったが、彼女はすでに寝室に閉じこもっていたし、こちらはまたもや、あれこれ考えるので精いっぱいになっていた。

わたしは図書室に行った。パースウィヴァント家の人々にはろくに使われたことがない、大きな古めかしい部屋だ。中はひんやりとして、芳《かぐわ》しい紙の香りがただよっていた。大きな革張りの肘掛け椅子に腰をおろし、いろいろじっくり考えようとしたものの、あいにく前夜の寝不足がこたえたようだ。はっと気づくと、ジャネットが目のまえに立っていた。青ざめてはいるが、意を決した表情で。

「もう出かけちゃったかと思ったわ」彼女は息もつかずに言った。「かなり時間がたったから。ねえ、アルバート、あなたに話さなきゃならないことがあるの。バズウィックを無実の罪で窮地に陥らせるわけにはいかないし、彼は死んでも自分じゃ話さないはずよ。もしも笑ったら、二度と口をきいてあげませんからね」

わたしは立ちあがって眠気をふりはらった。白いドレス姿で挑むような目をしたジャネットは、うっとりするほど魅力的だった。

「生まれてこのかた、これほど笑う気になれなかったことはないよ」わたしは心から言った。「で、そのバズウィックがどうとかいう話は何なんだ?」

ジャネットは深々と息を吸い込んだ。「あの人は、水路に落ちたわけじゃない――うちのスイレンの池に落ちたのよ」

「本当かい？　どうしてきみが知っているんだ？」

「わたしが突き落としたから」ジャネットは小声で言った。

先を続けるようにせっつくと、彼女は説明しはじめた。

「昨夜、あなたがミス・ローランドソンを送っていったあと、わたしはすぐには床に就《つ》かなかったの。部屋の外のバルコニーへ出ていったのよ。そうしたら、あのとおりすごく明るい晩だったから、誰かがバラ園を歩きまわってるのが見えてね。てっきり、お父様が今度の件で頭を悩ませながらぶらついてるのかと思い、ちょっと話しにいってみたのよ。でもバラ園にいたのはバズウィックだった。それで一緒に庭をひとめぐりして、スイレンの池のそばまで来ると、彼が――ええと――」

彼女は言葉を切った。

「少しばかり、性急なやり方できみに求愛したんだね？」わたしは言ってみた。

ジャネットはほっとしたようにうなずき、「それでぐいと押しやったら、運悪く彼はバランスを失って池に落ちてしまったの。こちらは彼が無事に這いあがったのを見届けるや家に駆けもどったわ。そうするのがいちばん親切に思えたの。ねえ、ほかの誰にも話す必要はないわよね？」

「ああ」わたしはぶつぶつ言った。「ああ、その必要はないだろう」

ジャネットはにっこりした。「あなたはやっぱりすてきね、アルバート」

そこであんのじょう、わたしは〝お電話でございます〟と呼び出された。かけてきたのはポピーだった。彼女はいつまでたってもこの文明の利器に慣れないので、こちらは受話器を耳から数インチほど離すまで、彼女の言いたいことがわからなかった。

「例の調査をしてみたわ」ポピーはとどろくばかりの声で言った。「やっぱり、バズ、師がここにもどってきたとは思えないわね。とにかく、誰も彼のことは見てないわ。でも昨日の朝、誰が最上階をうろついてるのを目撃されたと思う？　まったく、あの人だなんて。いかにも裏はなさそうに見えたのに。誰がって？　あら、言わなかった？　そりゃあもちろん、例の叔父さん、ヘイホーよ。わがもの顔でちょこまか歩きまわってたそうよ。それで彼を見かけた女の子は当然、わたしから許可を得てると思ったの。ほんとに、人ってわからないものよねえ？」

第十三章　六月の案山子《かかし》

受話器を置くと、ジャネットがかたわらにやってきていた。

「どうしたの？」気遣わしげな口調だった。「あれはポピーの声よね？　ああ、アルバート、不安なの！　ほかにも何か恐ろしいことが起きたみたいで」

「そんなわけないだろ！」わたしは心にもない自信を込めて言った。「何も怖がることはない。少なくとも、ぼくはそう思うよ」

ジャネットはじっとわたしを見あげた。

「じゃあ、もうバズウィックの件は問題ないとわかってくれたわね？」

「もちろんさ」わたしは陽気に請け合った。「でも、そろそろ行ったほうがよさそうだ。ちょっと片づけておきたい大事な用事があるんだよ。大急ぎですませなきゃならない用事が」

それから、ラッグに車を出させて警察署へ向かった。レオはまだそこでプッシー警部と協議中で、見ていて気の毒になるほど憔悴《しょうすい》しきっていた。今度の件がよほどこたえているようだ。顔には深々としわが刻まれ、色あざやかな両目は心労のせいか、いつになく暗い翳《かげ》りを帯びている。

わたしは自分の考えを話した。

「ヒャッホーを逮捕しろだと？」とレオ。「本気なのかね？　じつのところ、あの男を逮捕できるとは思えんが。ここへしょっぴいて問いただすことならできる――初めからそうしたかったところだが、拘束はできんぞ。有罪を示す確たる証拠はこれっぽっちもないのだからな」

レオをわずらわせたくはなかったが、不安でいてもたってもいられなかった。

「彼の身柄を確保すべきです」わたしは主張した。「それが肝心なんですよ。何かほかの理由で留置してください」

レオは肝をつぶしたようだった。「容疑をでっちあげるのか？　もってのほかだ！」

説明している暇はなかったし、どのみち、こちらは何の証拠もつかんでいない。

「じゃあせめて二十四時間、ヘイホーをここに引きとめてください」わたしは訴えた。

レオは眉根を寄せてにらんだ。「いったい何が心配なのだ？　えらく気を揉んどるようだが。何か起こりそうなのか？」

「わかりません」わたしは内心の動揺を見せまいとした。「とにかく彼をつかまえに行かせてください」

逮捕の件を思案しているレオを残して、わたしはプッシー警部とラゴンダでサッチャー夫人のコテージへ向かった。目的地に着くと、監視役のバーキン巡査が通りの向かいの垣根にもたれかかっていた。バーキンはよれよれのカーキ色の服を着た愛すべき内気な青年で、芝居がかったささやき声で報告した。

「やっこさんは朝から中にこもったきりです。あそこの明かりのついた部屋を借りてるんです。ほら、あそこに姿が見えてますよ」

バーキンが色褪《いろあ》せた花柄のカーテンに映ったぼやけた影をさし示すのを見て、わたしの心は一気に沈んだ。バーキンは当分、犬の鑑札のチェックぐらいしか任されないことになるだろう。その窓辺の影は言うまでもなく、椅子の背にかけられた上着と長枕だった。

みなで風通しの悪い小さな屋根裏の寝室に踏み込むと、プッシーはそのしろものを呆然と見つめて悪態をついた――抑制のきいた、威厳すらただよう口調で。

不運なバーキンのほうは、このなりゆきをむしろ楽しんでいるようだった。彼の私的な見解によれば、それは村の子供たちに話して聞かせるのに格好のみごとなトリックだったのだ。

家主のサッチャー夫人は、生まれてこのかた知性を磨く暇もないほどあくせくすごしてきたとおぼしき気の毒な老女で、頑として事実を認めようとしなかった。彼女はさいぜんジョニー・バーキンに話したとおり、間借り人は部屋にいるものと信じきっていた。それじゃきっと、音をたてないように靴下一枚で階下におりてきたんだわ。いくらか参考になる話といえば、それだけだった。

わたしは髪が逆立つ思いだった。「ヘイホーを見つけなければ。とにかくそれが重要なんじゃないのか？」

プッシーはたちまちわれに返った。

「ええと、彼はまだ遠くへ行ってるはずはありません。それに、ここは人の出入りが激しい場所じゃないから、ぜったい誰かに姿を見られてるはずです」

バーキン巡査の証言によれば、部屋のカーテンは日が暮れた直後に閉められ、以来ずっと彼はあそこにすわってのんびり窓辺の光を眺めていたという。するとヘイホーが姿を消してまだ一時間かそこらだ。わたしの気分はちょっぴり上向いた。

プッシー警部の名誉のために言い添えると、彼は配下の小さな部隊を迅速かつ有効に動かした。彼らが仕事に励んでいるあいだに、わたしはレオと〈白鳥亭〉で食事をとった。車を持たないヘイホーがキープセイクから出てゆく方法はさほど多くはない。

一、二時間のうちに、間違いなく行方をつかめるはずだった。

正直言って、わたしはピリピリしていた。どうしようもなく無力な気分だった。この段階でわたしにできることは無に等しい。多少とも〝よそ者〟であるわたしには、疑い深い東部の人々に信頼を抱かせることはむずかしいのだ。

その後、レオと二人でウィペットと話しに〈羽根飾り亭〉へ足をのばすと、彼はエフィ・ローランドソンとバズウィックを相手に食事中だった。レオはあっけにとられ、わたし自身も驚いた——彼らは奇妙きてれつな三人組だった。

慎重に尋ねてみたところ、彼らはヘイホーについて何も知らないことがわかった。とはいえ、いかにも何やらたくらんでいそうな雰囲気だったから、あれほど不安で頭がいっぱいでなければ、わたしはそこに残って彼らとおしゃべりを続けていたかもしれない。

その夜の十一時ごろ、レオとプッシーとわたしは会議を開いた。警察署の息苦しい小さなオフィスでテーブルを囲んで腰をおろすと、まずはプッシーが状況を説明しはじめた。

「ヘイホーはバスでは出てゆかず、ハイヤーを呼んだりもしてません。車道のひとつを歩いていったとすれば、そこらの獣《けもの》よりよほど足がはやいことになります」そこで言葉を切ってわたしたちを見つめ、「そもそも、彼が誰にも姿を見られていないのは不自然に思えます。見慣れぬ車が村を走り抜けるのは目撃されていないようだし、村の連中はどこにも出かけてません。今日は静かな晩で、みんな玄関まえの石段にすわり込んでいました。不可解な話です、彼が原っぱにでも逃げ込んだのならべつですが」

わたしはコテージの周囲に広がる生暖かく草深い暗闇を思い浮かべた。人里離れた湿地と草ぼうぼうの水路を思うと、にわかに不安が高まった。

レオはむしろほっとしたようだった。「これで容疑は固まったようなものだな、あいつは尻に帆かけて逃げ出したのだから。まったく驚くべき事件だよ！ あの男は一目見たときから気に食わなかったがね。昨日の朝はずっと〈騎士団〉のどこかにこそこそ隠れとったにちがいない。いやはや」

彼を安心させてやるべきか、はたまた懸念をあおるべきなのかわからず、わたしは沈黙を守った。プッシーは上司の心中を察したようだった。

「とにかく、きっとつかまえてみせますよ。これで追うべき相手がわかったんです、逃がしゃしません。村じゅうの連中が彼を見つけようと目を光らせてるし、うちの者たちも誰ひとり、今夜は眠らせません。そちらは、本部長殿、どうぞお休みにいらしてください。あの男のことはわれわれに任せて」

たしかにそうするしかなさそうだったが、わたしはまだ立ち去る気になれなかった。

「あの丘の上は調べたのかな？」と尋ねてみた。

「はあ、くまなく。例の望遠鏡のほかには何もありませんでした。それに、誰にも見られずにあそこへは行けません。人目の多い村の通りを歩いていかにゃならんのですからね。いやいや、ヘイホーがあの丘の上で見つかるはずはありません――モグラじゃあるまいし」

わたしは両目を見開いた。内心の驚きが顔に出ていたのだろう、プッシーは都会育ちのわたしに説明した。

「モグラっちゅうのは、地下を動きまわるんですよ」彼が言うのを聞いて、わたしはとつぜん吐き気を覚えた。

わたしたちが立ち去るまえに、プッシーはもうひとつ、こちらがすっかり忘れていた件を持ち出した。

「それと、あの娘さんですが……例の確認をしていただけそうでしょうか？」

「朝にでも」わたしは急いで言った。「明日の朝はすることが山ほどありそうだぞ」

「はあ、たしかに」とプッシー。「あの男をつかまえたら、さぞどっさり仕事ができるでしょう」

「つかまえなければ、さらにどっさり仕事ができるさ」わたしは応じ、レオと屋敷へ引きあげた。

その後、まる二日ぶりにベッドにもぐり込もうとしていると、ペッパーが電話機を手にあらわれ、ベッドのわきのソケットにプラグを差し込んだ。

「キングストン先生からでございます」執事は憐《あわ》れみと非難の入り混じった声で言い添えた。「夜のこんなお時間に……」

キングストンはまだ目覚めているばかりか、やる気満々だった。

「お休みのところをお邪魔したのでなければいいんですが」彼は言った。「晩方からずっとお電話してたんですよ。夕食後に村へ往診にいったら、そこらじゅうがすごい騒ぎで。容疑者が逃げ出したそうじゃないですか。何かお役に立てることはないでしょうね?」

「残念ながら」わたしは礼儀を失うまいとしながら答えた。

「ああ、なるほど」キングストンは心底、失望したようだった。「詮索がましくてすみません。でも、どんな感じかおわかりでしょう?　どうもわたしは生来、好奇心が強いみたいなんですよ。何かあったら――あるいは何かお役に立てそうだったら、知らせてもらえますね？」

「そうします」わたしは答えたが、彼はまだ電話を切ろうとしなかった。

「お疲れのようだな。やりすぎは禁物ですよ。おっと、そういえば〈羽根飾り亭〉にちょっとおかしな連中が泊まっているんです。よそ者でしてね。たんによくある人目を忍ぶ仲なのか、ほかの事情があるのかは村人たちも知りません。男の名前はグレイハウンドか何かです。彼らについて調べてみましょうか？」

わたしはキングストンの退屈な人生を呪った。

「彼らはこっちのスパイなんですよ」

「え？ よく聞こえなかったんですが……」

「スパイです。ぼくの。そこらじゅうにスパイを放ってあるんですよ。おやすみなさい」

翌朝は六時に起床した。ラッグがしぶしぶ、わたしをたたき起こしたのだ。

「旦那もまあ、律儀だね」彼はせせら笑った。「アイホーは自分を殺人罪でぶち込みたがってるイヌどもの群れから逃げまわってるんですよ。だのに、旦那とのちょっとした約束を破る気はないなんて――まさかねえ！ そうは思えませんや」

「それでも、こちらは行くつもりだ。ひょっとしたらってこともあるんだぞ」

ラッグは陰気くさく、見るもおぞましい部屋着姿でわたしのまえに立ちはだかった。

「よければ、あっしもお供しますぜ」と雄々《おお》しく申し出た。「まだ夜露も消えねえ田舎の草っ原をえんえんと歩くのは大好きだからね——足を冷やすのにいいんです」

わたしは彼を寝床にもどらせ、一人で身支度をととのえて出かけた。明るく晴れ渡った朝で、猛暑の一日になりそうだった。空はオパールのようにきらめき、足元の草はしなやかな弾力を帯びている。

野原を抜ける小道を進んで村の通りに入ると、あの天真爛漫《てんしんらんまん》なバーキン巡査の姿が見えた。彼は最新の情報、というより、何も新たな情報がないことを笑顔で伝えてくれた。

「けどもう夜が明けたから、きっとつかまりますよ。ぴんぴんしてるあの男を連れもどしてみせます」

暖かな朝にもかかわらず、わたしは身震いした。

「そう願いたいところだな」と答えて、さらに歩を進めた。

くぼんだ細い小道には人影ひとつなく、散歩をするにはうってつけの快い朝だった。にもかかわらず、気づくと足が重くなり、丘へ続く草地に入ったときにはいやな予感でいっぱいになっていた。

丘の上までは思いのほか距離があり、頂上に着いたときにはつかのまほっとした。周囲にはこれといって何も見当たらず、わたしの出現は短い草の中で羽を休めていたヒバリのつがいを驚かせただけだった。あの古びた真鍮《しんちゅう》の望遠鏡はまだ三脚の上に据えつけられている。レンズが露におおわれていたので、それをハンカチでぬぐった。

わたしの立っている場所からは、四方の田園地帯の息を呑むような景観を望むことができた。灰色の湿地にバラ色の優美な姿でたたずむ〈千鳥足の騎士団〉、朝陽を浴びてまばゆいばかりにきらめく河口。そしてその周囲には、小さなポケットチーフのような畑と草地が並び、畑にはトウモロコシが青々と茂るいっぽうで、牧場《まきば》はこの暑さでちょっぴり茶色くなっている。まさに愛すべき田園風景だ。

そこここに小さな農家が点在し、その合間を純白のリボンのような道路がくねくね通り抜けている。

わたしは長いことそこに立ってその景色に見入っていた。じつに平和で、じつにのどかな、すばらしい眺めだ。場違いなものは何ひとつない。ぎょっとするようなものや、妙に目立っているものは。

そのとき、それが目に入った。半マイルほど向こう、腰の高さまで緑のトウモロコシにおおわれた畑の真ん中に、ぼろぼろの案山子《かかし》が立っていた。あまり利口とは言えないミヤマガラスを脅すために作られた、馬鹿げた不自然な人形だ。

しかし、その案山子は普通とはちがった。カラスたちは怖がるどころか、われ勝ちにむらがっている。

望遠鏡をのぞき込んだわたしは吐き気と目まいを覚え、やっとのことで背筋をのばした。最悪の懸念が事実となった。ヘイホーを発見したのだ。

第十四章　彼らが知っていた男

彼は首を傷つけられていた。鎖骨の上を深々と突いた刃《やいば》に頸《けい》静脈を切り裂かれ、わたしたちが駆けつけたときには、見るも無残な姿になっていた。

プッシー警部とレオとわたしは朽ちかけた杭に引っかけられた哀れなしろものを囲んで立ち、その周囲では、緑のトウモロコシがさわさわと風に揺れていた。

お決まりの予備的な検査がすむと、ヘイホーは肥料用荷車で警察署の裏の小さな死体置き場へ運ばれ、そこに彼を載せるためのもう一台の組み立て式テーブルが置かれた。

レオは青ざめ、動揺しきっているようだった。プッシーのほうは、わたしが発見したものを一目見るなり文字どおり吐き気をもよおし、あのぽっちゃりした童顔が見る影もなくやつれてまだらに赤黒くなっていた。

死体置き場の小屋からみなが立ち去り、キープセイクの長年の平和を蹴散らすことになった二体の白いシーツにおおわれた骸《むくろ》のあいだに二人きりになると、レオはわた

し に向きなおり、

「これがきみの恐れていたことなのかね?」となじるような口調で言った。

わたしは力なく彼を見つめ返した。「たしかにふと、何かこんなことが起きるんじゃないかと思ったんです。ヘイホーは決定的な情報を手にしているような口ぶりだったので」

レオはまばらな灰色の髪を撫であげた。

「しかし誰だ? 誰がやったんだ、キャンピオン?」彼は怒りを爆発させた。「いいかね、ここでは今も恐ろしいことが起きているんだぞ。縁もゆかりもないよそ者たちが殺され、容疑はしだいにわれわれの仲間へと狭《せば》まってゆく。何たることだ! どうすべきだろう?」

「手がかりは多くはないでしょう」わたしは指摘した。「あのトウモロコシ畑は道路に面していますから、殺人者はヘイホーをどこかから運んだのだとしても、それほど長く担いで歩く必要はなかったはずだし、もちろん彼はあの場で殺された可能性もあります。周囲には大量の血が流れ落ちてましたから」

レオはわたしの視線を避け、「わかっとる、わかっとるよ」とぶつぶつ言った。「だがあの男はトウモロコシ畑の真ん中で、殺人者を相手に何をしていたのかね?」

「ごく静かな内密の話し合いです」とわたし。「ところで、この傷について専門家の意見を聞きたいのですが」

「ああ、それならじきに聞けるぞ。世界一の専門家の意見がな。ファリンドン教授が昼まえに見にくることになっているのだ、そちらの――ええと――もうひとつの死体を。まったくひどい話だよ、キャンピオン。昨日のうちにそちらのほうをすませておければよかったのだが、ファリンドンはつかまらなかったし、できれば内務省を引きずり込みたくなかったのでね。しかし、これで事情は変わった。いやはや、どうしたものか」

わたしに何か有用な提案ができたとしても、答えるまえにプッシー警部がキングストンをあとに従えてもどってきた。キングストンは興奮しながらも、それを隠しきれない自分を恥じていた。

彼がヘイホーの遺体をざっと調べるうちに、医師としての彼へのわたしの評価はいささか低下した。あれほど役立ちたがっていたくせに、責任を持って明確な意見を述べるのをしぶったからだ。

「どんな凶器が使われたのかはわかりませんが」キングストンはついに言った。「何か細くてとがったものでしょう。たとえば短剣。よくある、古めかしいやつですよ

――壁に飾られてるような」

ちらりとレオに目をやると、その顔に浮かんだ表情から、彼が〈騎士団〉のビリヤード室の壁に並んだおどろおどろしい、素朴な武器を思い浮かべているのが窺えた。とはいえ、ポピーが夜の夜中に短剣を手に、トウモロコシ畑におもむく図など想像もつかない。いくら何でも突飛な考えに思えた。

プッシーもキングストンの見立てに満足できなかったとみえ、とうとう彼を厄介払いした。ただし、そのやり方はじつに如才なかったが。

「やはりこれは教授にお任せしたほうがよさそうです」警部はわたしに小声で言った。「すばらしく聡明なご老人なんですよ、ファリンドン教授は。もう半時間かそこらでみえるでしょう。しかし、わたしたちはどう思われるやら――ひとつのはずの死体が、ふたつもあるんですからね」警部は無邪気に言い添えた。

レオは両手をポケットに深々と突っ込み、あごが胸につくほど首をうつむけてうしろを向いた。わたしたちも彼のあとについて警察署にもどり、その後、プッシーはさまざまな供述を取るのに必要な手はずをととのえた。死体の発見現場を精査し、ヘイホーの経歴についていくつか重要な調査をする準備もだ。

そうしたお決まりの業務がレオの心を落ち着かせたようだった。

「ファリンドンが着くまで、遺体を現場から動かすべきではなかったのだろう」彼は言った。「だがあんなとがった杭に引っかけたまま、日にさらしておくのはどうかと思ってな。不作法だ。どうも今回の犯罪には卑《いや》しい露骨さが感じられるぞ、キャンピオン。まったく、あんなまねをする心理が理解できん――ともかく、わたしの友人たちの中にはそんな者はおらんはずだ」

「いやその、このあたりにはまだよそ者たちもいますし」プッシーが上司を慰めようとした。「きっと誰か、服に血のついた者がいるでしょう。そいつを見つけてみせます。どうぞご心配なく」

彼にくるりと背を向けて窓辺へ歩を進めたレオが、とつぜん声を張りあげた。

「おや！　あれは誰だ？」

レオの肩越しに目をこらすと、運転手つきのつややかなダイムラーが門の外にとまるのが見えた。青白い顔をした長身瘦軀《そうく》の男が座席から降りたち、警察署のドアへとためらいがちに近づいてくる。ほどなく、わたしたちはロバート・ウェリントン・スキン氏と顔を合わせた。キングストンが教えてくれた、例の由緒ある弁護士事務所の下級共同経営者だ。

彼は堅苦しい、謹厳な人物だったが、さいわいレオとは一目で好意を抱き合った。

さもなければ、その後の会談ははるかに手間取り、二倍もややこしいものになっていただろう。だがスキン氏は、彼としては記録的とおぼしきタイムで本題に入った。

「すべてを勘案し、わたくしが自ら足を運んだほうがよかろうと考えまして」とぐずぐず切り出し、「当方の顧客に関してこの種の問題が持ちあがるのは、断じて、きわめて異例なことなのです。昨日、こちらからのご照会を受け、夜のうちに書類に目を通してみたところ、お問い合わせの両名――ピーターズ氏とハリス氏の関連がただちに判明しました。そこで、このような事情でもあり、わたくしが自ら出向いたほうがよかろうと考えたわけです」

わたしはプッシーと視線を交わした。何かが明かされようとしているのだ。

「では、あの二人は知人同士だったわけですね？」と尋ねてみた。

スキン氏はうさん臭げにわたしを見た。こいつを信頼してよいものだろうか、と言わんばかりに。

「彼らは兄弟でした。ハリス氏はおそらく――ええと――ご自分なりのよんどころない事情で改姓されたのでしょう。当方の顧客名簿にお載せしたのは、比較的最近のことです。もともとわたくしどもの顧客だったのは兄のローランド・イジドア・ピーターズ氏のほうで、本年の一月にこちらの近隣の教区で死去されました」

さらにいくらか時間を食ったあと、レオと死体を見にいったスキン氏は、もどったときには心もち血の気が失せていた。それに、混乱してもいるようだった。

「責任は持ちかねますな」彼はぶつぶつ言った。「ピーターズ氏には十二年まえにいちど、ハリス氏には今春ロンドンでお会いしましたが、いずれもお目にかかったのはそれだけでして。今しがた見せていただいたあの――亡くなられた方は、どちらにも似ています。ちょっと水を一杯いただけますか？」

プッシーはもっと明確な意見を求め、弁護士をふたたび死体置き場へ連れていこうとしたが、スキン氏は拒んだ。

「いや、何度見ても無駄でしょう。思うに、こちらで亡くなったのはハリス氏と考えてよろしいのではないかと。結局のところ、そう考えてはならん理由はないのですからな。たしか、ご当人はハリスと名乗っておられたのでは？」

わたしたちはスキン氏が落ち着くのを待った。彼がいくらか緊張を解くと、わたしは死者の資産について用心深く尋ねた。

「本当に答えられんのですよ、台帳を調べてみないことには」弁護士は主張した。「ハリス氏が兄の遺言により、かなりのものを受け取ったのはたしかだが。正確な数字は今夜じゅうにはお知らせできるでしょう。記憶にあるかぎりでは個人的な資産と、それにもちろん、保険金がありました。あの時点では、いずれもまったく問題ないように見えましたな」

プッシーはほっとしたようだった。「何はともあれ、被害者の身元は判明したわけですね。これで間違いありません。検死を進められます」

レオとわたしは弁護士をおもての車まで送っていった。不運な男は——無理からぬことながら——今回の体験にショックを受けていた。それでも立ち去るまえに律儀にも、例の遺産の詳細を知らせると約束してくれた。

「それと、もうひとつ」わたしは車に乗り込んだ弁護士に言った。「ピーターズ氏はどこの保険に入っていたのでしょう？　ご存じですか？」

スキン氏はかぶりをふった。「あいにく、すぐには答えられませんな。たしか〈相《ミュー》互《チュアル》保障《・オーダード・》生命《ライフ》〉だったと思うが。調べてみましょう」

彼が立ち去るや、わたしはレオの承諾を得て、ラッグと巡査の一人に車でエフィ・ローランドソンを呼びにいかせた。ややあってようやくもどった彼らは、驚いたことに、エフィと一緒にバズウィックまで連れてきていた。四人が門の外で何やらぐずぐずしているので、わたしは様子を見にいった。牧師は前夜の思わぬ愛想のよさはどこへやら、以前の喧嘩腰の態度にもどっていた。近づいてゆくと、巡査が抗議しているのが聞こえた。

「自分は指示されたとおりのことをしてるだけですよ。それに、こちらの娘さんがついおといの晩、ご自分で申し出られたんです」

バズウィックは彼を無視してわたしのほうを向き、

「もってのほかだ。数人の無能な警官たちを満足させるために、若い女性におぞましい光景を見せつけるとは……異議を申し立てるしかない。断じて抗議する！」

エフィが力なく牧師に微笑みかけた。「だからね、お心遣いはありがたいけど、あたしはもうやると決めてるの。本当よ。あなたはここで待っていて」

だがバズウィックは引き下がらなかった。彼があまり強硬に食いさがるので、薄れかけていた興味が再燃し、これほど大騒ぎするのには何か理由があるのだろうかと考えずにはいられなかった。

結局、牧師を車の中に残し、わたしがエフィ・ローランドソンをふたたび小さな死体置き場へ連れていった。

あの娘には、かならずしも心惹かれたわけではないものの、あのときの気骨には感服させられた。決して無神経ではない彼女はかなりのショックを受けたはずだが、冷静さを失わず立派に役目を果たした。

締まりのない物体にかぶせられたシーツをわたしがめくると、「ええ」とエフィはしゃがれ声で言った。「ええ、これはローリーよ。彼を愛してたわけじゃないけど、死んじゃったなんて可哀想。あたし――」

不意に声が途切れ、彼女は泣きじゃくりはじめた。それでも、ほどなく自制を取りもどし、プッシーが気を揉みながら待っていた署内へ連れてゆくと、ざっと経緯を話しはじめた。

「ローリーとは一年ちょっとまえに知り合いました。彼はナイツブリッジにフラットを持っていて、あたしをいろんなとこに連れ出してくれました。で、あたしたちは婚約したっていうか、婚約したも同然だったのに――ああ、キャンピオンさん、あとは知っているでしょ。ぜんぶ話したはずよ」

わたしはプッシーと二人でその後の顚末《てんまつ》を書きとめ、エフィを外に連れ出した。バズウィックは車からおりて門のまえで彼女を待っていた。わたしたちの顔つきから、遺体の確認がすんだことを察したのだろう、牧師はわたしには声もかけずに彼女の腕をとり、〈羽根飾り亭〉へとそそくさ通りを進みはじめた。

ラッグがそのうしろ姿を目で追いながら、「おかしなやつだ」とつぶやいた。「で、結局どこに行き着いたんです?」

「袋小路だよ」わたしはありのままに答え、プッシー警部の元へもどった。

その後はファリンドン教授の到着を待ちながら、二人で状況を分析した。プッシーは理路整然とはいかないまでも、まずまず筋が通るように自分の推理をまとめてみせた。

「要は名義の詐称が行われていたんです」と批判がましい口調で言う。「よくある話ですよ――善良な兄と悪党の弟。ここはわかりやすく、ピーターズとハリスと呼ぶことにしましょう。ピーターズは資産家で、ハリスは折にふれて兄の名を騙《かた》っていた。少なくとも、これが初めてじゃなかったはずです。そしてハリスはあの娘とも、ピーターズの名で付き合っていた――そうすれば、彼女に身元を調べられたりしても、けっこうな資産家ってことになりますからね。あの弁護士のほうは、気の毒に、混乱しきってしまったんです。そもそもあの兄弟は瓜二つだったのでしょうし、もちろん、あっちの小屋にいる哀れな男は今や何とも形容しがたいありさまですから。それで、あなたのご意見は?」

わたしはためらった。四半世紀も会っていない相手の正体を見きわめるのは決して容易ではない。それにキングストンは、自分の患者はハリスとそっくりだったと言っていた。総じて警部の説を支持したいところだったが、ひとつだけ引っかかる点がある。彼が〝善良な兄〟と〝悪党の弟〟としてピーターズとハリスの話をしたとき、わたしは二人の名前を逆にすべきだと考えたのだ。

そこでそう話すと、プッシーはじっとわたしを見つめた。「おっしゃるとおりなのかもしれません。だがそんなことを議論していても、何の進展もないのでは？　いったい誰が彼らを殺したのか。要はそこです」

プッシーとわたしはしばし無言で見つめ合い、ファリンドン教授が着いたことにも気づかなかった。とつぜんせわしげに飛び込んできた教授は、元気いっぱいの小柄なスコットランド男で、白髪まじりの短いふさふさの髪と、見たこともないほど鋭いブルーグレイの目をしていた。

「おはよう、警部」ファリンドン教授は言った。「何でも、ここには驚くほど大量の死体があるそうだな」

その快活さに気圧《けお》されたわたしたちは、押し黙って教授を裏庭の小屋へ案内した。しかし、ハリスと称していた男をじっくり調べるうちに、陽気な態度は影をひそめ、教授は重々しい顔でわたしをふり向いた。

「きみの考えはサー・レオから聞いたが、脱帽だ。これはまさに狡猾《こうかつ》きわまる——悪魔的な所業だよ」

「ではやはり――?」わたしは言いかけた。

教授は片手をふってわたしを黙らせた。

「詳細な検死のあとでなければ意見を口にする気はない。だがきみが正しかったとしても、わたしはまったく驚かんだろう。これっぽっちもな」

わたしがぶらぶら部屋の反対側へ退《しりぞ》いたあとも、教授はせっせと検査を続け、やがてようやく上体を起こした。

「この遺体をわたしのところへ送らせてくれ。一両日中に、はっきりしたことを知らせよう。だがあえて私見を表明すれば――むろん、あくまで仮説だが――この男は頭に一撃を食らうしばらくまえに死亡していたはずだ」

わたしがある質問をすると、教授はうなずいた。

「まさしく、死因は毒物だろう。抱水クロラールだとしても、おかしくはない。そしてあれ」と、頭蓋《ずがい》の無残なくぼみをさし示し、「あれは一種の目くらましだよ。相手はかなりの切れ者というわけだ、キャンピオン君。さてと、ではもう一人の不運な御《ご》仁《じん》を見せてもらうとしよう」

第十五章　ラッグ、辞意を表明

その後の二日間、事態は滞ったままだった。換言すれば、わたしたちは二日のあいだ平穏にすごせたわけだ――レオはどうにか事件の衝撃から立ちなおろうとあがき、プッシーとわたしは、目につくかぎりの有用な情報の断片をかき集めながら。

村じゅうが警戒心をつのらせ、用心深くなっていた。人々は早々に戸締まりして寝床へ向かい、哀れなヘイホーが発見された畑を見物しにきた観光客は、怒り狂った住民たちにさっさと追い払われた。

ジャネットは緊張しきった面持ちになり、ポピーは寝込み、ウィペットまでもが――彼がそんなふうになれるとは思ってもみなかったほど――くよくよ気を揉んでいた。彼がときおり妙な時間にふらりと会いにあらわれ、もの問いたげに黙りこくってわたしを見つめるので、ついにジャネットと話しにいかせると、彼女は情け深くも彼の相手をしてくれた。

キングストンは言うまでもなく、しじゅうしゃしゃり出てきたが、今ではそれすらありがたく思えた。根っから噂好きの彼は、名誉棄損で訴えられることを少しも恐れず、あれこれ知らせてきたからだ。

最初のたしかな情報がもたらされたのは、事務弁護士のスキン氏からだった。テザリングの療養所で死亡したピーターズは貧しくはなかったことが確認されたのだ。彼はまた、〈相互保障生命・養老保険商会《ミューテユアル・オーダード・ライフ・エンドーメント》〉と二万ポンドの契約を結ぶ先見の明を持っていた。スキン氏によれば、ピーターズはその保険証書を担保に、当時計画中だった事業の資金を調達しようとしていた。それがたまたま、弟のハリスにとって大いに幸運な結果につながったのだ。

いっぽうハリスに関しては、ろくに何もわからなかった。彼はピーターズ名義でナイツブリッジにフラットを借りていたものの、決して裕福ではなかったようだ。二人の身元が混乱しているせいで、調査はなおさら困難をきわめた。いったいどちらがハリスで、どちらがピーターズなのだろう？

とうとうわたしはレオと話しにいった。彼はいつもの銃器室にすわり、おびただしい書類をデスクに積みあげたまま、壁にずらりと並んだ狩猟の戦利品を悲しげに眺めていた。

「猶予は十日だ、キャンピオン」彼はついに言った。「どちらの審問も延期され、こちらは一息つけたわけだが、それはつまり、その間《かん》に結果を出さねばならんということだ。すでに多くの噂が飛び交っている。どうやら、わたしは端《はな》からスコットランド・ヤードに協力を求めるべきだったと思われとるらしい。たしかに当初は単純な事件のように見えたが、今では正直言って、どんな事態につながろうとしているのかわからん。毎朝、目覚めるたびに、今日は何が起きるのだろうと思ってしまう。この村で殺人者が野放しにされているのだからな。次にはどこで牙をむくか、〝神のみぞ知る〟だ」

レオはそこで言葉を切り、わたしが黙っていると鋭い目を向けてきた。

「きみのことは幼いころから知っている。何か考えとるのはわかっているぞ。もしも何か気づいたことがあり、証拠があがるのを待っているのなら、いいからその疑惑を話してくれ。何を聞かされても、こんな宙ぶらりんの状態よりはましだ。きみはこのわけのわからん事態をどうにか解明できそうなのか?」

幾度か仕事を共にして、レオが世界じゅうの誰より信頼できる男なのはわかっていた。だがその時点では、わたしの考えを明かすのはためらわれた。危険が大きすぎたのだ。

「あのですね、レオ」わたしは言った。「ぼくには最初の殺人がどのように行われたのかわかっているし、誰のしわざかもわかっているつもりです。しかし今の段階では証明するのは不可能だし、証拠がなければこちらは何もできない。もう一日か二日だけ時間をください」

レオは最初は苛立《いらだ》ちをあらわにし、自らの権威と力をふりかざしてわたしにすべてを話させようとするかに見えた。だが、最後には平静を取りもどしたので、わたしは次の頼みを切り出した。

「それと、内務省のほうから、この一月にテザリングの教会墓地に葬られたR・I・ピーターズの遺体の発掘を指示させてもらえませんか？」

レオはひどく重々しい顔つきになり、ややあって答えた。「やってみることはできるだろう。とはいえ、これだけ時間がたったあとでは身元の確認は……」顔をしかめてさっと両手を広げた。

「よくわからないけど」わたしは食いさがった。「その種のことは、事情によってかなりちがいが出るようなんですよ」

レオは眉根を寄せた。「体内にアンチモンがある場合かね？」

「かならずしもそうじゃありません。むしろたいていは、土壌の問題みたいです」

ようやくレオを説得すると、今度はキングストンを捜しにいった。

彼は自宅にいるのが電話で確認できたので、ラッグとともに訪ねることにした。

キングストンは居心地の悪い診察室で嬉々としてわたしたちを迎えた。

「ほほう！　わざわざわたしに会いにいらしたところを見ると、今日は休業日なんですね？」と、とがめるように言い、「何か一杯いかがです？」

「いえ」わたしは答えた。「今はやめておきます。じつはこれは社交的な訪問じゃなく、ちょっと力を貸していただきたいと思ってね」

肉づきのいいピンクの顔が喜びに赤く染まった。

「本当に？　それはまた光栄だな。むしろ自分は邪魔になってるんじゃないかと感じはじめてたんですよ。じつを言うと、独自にちょっとした内密の調査を進めてみたんですがね。〈羽根飾り亭〉にどうにも謎めいたやつが泊まっているんです。あの男について何かご存じですか？」

「あまり多くは知りません」わたしはありのままに答えた。「ずっと以前の知り合いで――じつは小学校で一緒だったんですが――その後はあまり会っていなかったので」

「ははあ！」キングストンは何やら意味ありげに首をふり、「サッチャー夫人によれば、彼は今週の初めに何度かヘイホーに会いにきたそうですよ。それは知っていましたか?」

もちろん初耳だったので、わたしはキングストンに礼を言った。

「その件はあとで調べてみます。さしあたり、こちらの教区教会の敷地をざっと案内していただけませんか?」

キングストンはいそいそと応じ、わたしたちは巨大な兵舎のような家をあとにした。屋敷内に使用人はおらず、手入れもおろそかにされているようだった。キングストンはそんな状態を気にしているとみえ、恥ずかしげに説明した。

「入院患者がいないときには、村から来る臨時雇いの男だけで間に合わせているんです。なかなか気のいい、便利屋みたいなやつでして。地元の工務店の息子で、教会の寺男やうちの掃除婦をするかたわら、父親の仕事を手伝ってます。もちろん入院患者がいるときには、看護婦と家政婦を雇わなきゃなりませんがね」

ラッグをあとに従え、わたしとぶらぶら足を進めていた医師は、こちらを向いて顔をしかめた。

「患者はさほど多くはないんです。そうでなければ、これほど退屈しきっている暇はなかったでしょう」

まだ新品同様だったラゴンダのわきを通りかかると、彼が少々羨ましげに目をやったので気の毒になった。その口にはされない羨望は、どこか子供じみたものだった。彼には時間を浪費する才能があり、わたしたちはしばしそこで車を眺めながらすごした。キングストンはラゴンダのエンジン、あれこれの装置、車体のつややかな仕上げに感嘆し、すっかりラッグの心を勝ちとった。

じっさい、そのときはみなたいそう和気藹々《わきあいあい》として、何でも話せる雰囲気だったので、わたしは一か八か、ウィペットだけに言うつもりだったとっておきの秘密を打ち明けた。教会の墓地の土壌についての話だ。キングストンは興味を示し、協力的だった。

「そういえば、あそこの土は乾燥していて固いし、何か防腐効果のあるものが含まれてるんじゃないのかな。いつぞや朝早く墓掘り人のウィットンに引っぱり出されて、どえらいものを見せられたんですよ。親族の一人を合葬するために、三年まえに亡くなった女性の墓を開けたら、どうしたものか古いほうの棺桶《かんおけ》の蓋がはずれてしまったとかでね。そこには何と、ほぼ完璧な保存状態の遺体が入っていたんです。しかし、どうしてそんなことを考えついたんですか？」

「あのノラニンジンからですよ」とわたし。「あの草はしばしば、そういう土壌のところに生えるんです」

しばらく土壌の話を続けていると、キングストンはとつぜん、わたしがあれこれ知りたがる理由《わけ》に気づいた。

「遺体を発掘するんですか？　本当に？　いやあ！　そいつは――」

彼ははたと口をつぐんだ。〝愉快だ〟という言葉を呑み込んだにちがいない。

「――刺激的だな」と、ややあって言い添え、「遺体の発掘には立ち合ったことがないんです。このあたりじゃ、そんなすごいことはひとつも起きないんですよ」

「お約束はできません」わたしは釘を刺した。「まだ何も決まっていないし、どうか他言はしないでくださいよ。この段階でいちばん怖いのは、噂が広まることなんですからね」

「その発掘は身元確認のためなんでしょうね？」キングストンは勢い込んでいた。

「それじゃキャンピオン、大いに見込みがありますよ。彼がほかでもないここを死に場所に選んだなんて、すごい奇跡だ！　だって、百のうち九十九の墓地なら……」

「ええ、でも大声を出さないで。頼むからこれは誰にも話さないでください」

「話しませんとも」キングストンは請け合った。「親愛なる友よ、わたしを信頼してもらってだいじょうぶ。どうせ、話す相手もいないしね」

やがて、知りたかったことを確認し終えたこちらがついに逃げ出すと、彼は車が坂の下に消えるまでじっと見守っていた。

ラッグがため息をついた。


「寂しい人生だねえ。ああいうやつを見ると、酒場めぐりに連れ出してやりたくなりませんかい」


「そうかな?」とわたし。

ラッグは眉をひそめ、ぶつくさこぼしはじめた。「旦那はどんどん利口ぶった気取り屋になっちまって、疲れるんだよ。あっしが旦那の立場なら、死体なんかいじくりまわして時間を無駄にしたりはしませんぜ。ああいう男は一週間ほどロンドンに呼んで、名所見物をさせてやりゃいいんです」

「いやはや。おまえならそうするだろうよ」

ラッグはむくれ返ることに決め、わたしたちは無言で屋敷へと車を走らせた。


翌日、つまりヘイホーの死体が発見されて三日目の朝、わたしは高揚感と不安の相なかばする気分で起床した。事態が動きだしそうな予感がしたのだ。とはいえ、どんな方向に動くか知っていたなら、そのまま突き進む勇気はなかっただろう。

まずはファリンドン教授の報告ではじまった。彼はわたしがプッシーと警察署にいるときにやってきて、ハリスの検死の結果を伝えてくれた。

「やはり抱水クロラールが検出されたよ。昨日も話したようにな。ただし、あの男が死ぬまえにどれだけ摂取したのか断定するのは至難のわざだ。というわけで、石の壺が頭にぶち当たったとき彼がすでに死んでいたのか、それともたんに薬の影響下にあったのかは知るよしもない」

プッシーとわたしはどちらも抱水クロラールの特性を知っていた。詐欺師たちに大人気の薬だからだ。それでも、教授が一から説明するのを黙って聞いていた。

「つまりそう、あれを飲むとひどい眠気に襲われる。だから悪事には大いに役立つわけだがな。あの毒物を飲まされた人間は、傍目《はため》には自然な深い眠りについているだけのように見えるのだ」

プッシーがわたしに目を向けた。「ハリスはあの椅子にすわり込んでたあいだじゅう、身動きひとつできずに、ただただ、あのしろものが落ちてくるのを待ってたわけですね。いやあ！　恐ろしいことです、キャンピオンさん」

教授は次に、ヘイホーの最期について説明しはじめた。

「あれは興味深い傷だった。よほど運がよかったか、さもなければかなり目ざとい人物の手になるものだ。鎖骨の真上をとらえ、まっすぐ頸部《けいぶ》へ食い込んでいる。被害者は即死だったにちがいない」

教授はさらに話を進め、使用されたナイフ、少なくともその刃《やいば》の想像図まで描いてみせた。プッシーには意味をなさなかったようだが、こちらの推理にはみごとに合致していた。

わたしは二人をその場に残してウィペットを捜しにいった。〈羽根飾り亭〉に着いたときには彼もエフィ・ローランドソンも出かけていたが、ほどなく、自分の小さなAC社製の車に乗った彼が一人で姿をあらわした。

「家捜《いえさが》しをしてたんだ」ウィペットは言った。「通りのずっと先に、興味深い小さなヴィラがあってね。誰も住んでない。ぼくは空き家が好きなんだ。きみは？　ぼくは行く先々で、かならず空き家を見にいくんだけどね」

しばらく好きなようにしゃべらせておき、彼がその話題に飽きはじめたと見るや、わたしは質問を放った。彼を驚かせたかったのなら、空ぶりだった。

「ヘイホーかい？」とウィペット。「ああ、うん。たしかに、キャンピオン、あの男とは何度か話したよ。あんまり感じのいいやつじゃなかったな。ぼくの同情を引こうとしたんだぞ」

「ありそうなことだ。だがいったい何の話をしたんだ？」

ウィペットが顔をあげ、わたしは彼の薄ぼんやりとした灰色の目を見つめた。

「たしか、おもに博物学系の話だ。ほら、植物相《フローラ》とか動物相《ファウナ》とか」

その瞬間、またひとつパズルの大きな断片が正しい場所におさまった。

「この世には、生まれながらにものが見えない生き物がいる」わたしは苦りきった口調で言った。「あえて盲目になるものや、盲目にならざるを得ないものもいるがね。モグラは最初の範疇《はんちゅう》に入るんじゃなかったかい？」

ウィペットは何も答えず、黙りこくったまま窓の外に目をやった。

そのあと〈高潮邸〉にもどると、思わぬ事態が待ち受けていた。今後もずっと、あんな事態を招いた自分を決して許せないだろう。

ラッグがいなくなっていたのだ。

わずかな旅行用品をおさめた彼のスーツケースも消え失せ、わたしの化粧テーブルの上には、灰皿で押さえた真新しい一ポンド札が載っていた。

第十六章　赤い髪

最初は信じられなかった。よもやそんなことになろうとは考えてもみなかったので、わたしはしばし完全に平静を失った。まるでヒステリー女のように騒ぎまわる自分の声が聞こえた。ペッパーはできるかぎりの協力をしてくれた。

「さきほど、あなた様にお電話がございまして」と執事は言った。「あまり注意はいたしませんでしたが、ロンドンからのようでした。ラッグさんがお出になり、その後ややあって、スーツケースを手に裏階段をおりてこられ……野原の小道を通って村へ向かわれました」

それだけだった。ほかのことは誰からも聞き出せず、交換手も役には立たなかった。今日は数えきれないほど局外からの電話があったのだ。郵便局の交換係の娘は終日、てんてこまいだった。いいえ、話の内容までは聞いていません。あたりまえでしょ！そんなこと、ぜったいにしません。

わたしは逆上しきっていた。一刻を争う事態なのだ。ときおり、あの真鍮《しんちゅう》の望遠鏡を通して目にしたおぞましい光景が、少しだけ形を変えて脳裡《のうり》に浮かびあがった。

捜索はただちにはじまった。

レオは同情し、ジャネットも全力で慰めようとしてくれた。わたしは彼ら全員に、例の一ポンド札が何の意味もなさないことを説明しなければならなかった。たしかに言い訳がましく一週間分の賃金を置いて、予告もなしに出てゆく従僕たちもいるだろう。だがラッグはそんな男ではない。それに、彼は村の中でもバスの停留所でも目撃されていなかった。あのヘイホーのように、不可解な形で姿を消していた。あの老人とまったく同様に、ぶらぶら野原へ出かけて忽然《こつぜん》と消え失せたのだ。

わたしはキングストンに電話した。彼はいきり立ったわたしの話に、微笑ましいほど興味をあらわにした。

「ねえ、キャンピオン！」電話線を通して伝わる声は若やいでいた。「ひとつ思い当たるふしがあるんです。あなたは憶えているかわからないけど、昨日も話したことですよ。あのとき、あなたはろくに気にもとめなかった――それは顔を見ればわかりましたがね、こうなると、けっこう役立ちそうですよ。すぐにそちらへ行きます」

そのとおり、二十分とたたないうちに、キングストンのおんぼろ車がセカンドギアで息せききって私道を近づいてきた。彼は顔を赤らめ、両目を歓喜に燃えたたせていた。これがラッグに関することでなければ、こちらも許す気になっていただろう。

わたしたちはおもての芝地で協議した。

「あのウィペットとかいうやつのことです」とキングストン。「あいつにはずっと目をつけてたんですよ。あなたの気持ちはわかります――小学校時代の友人だとかいう事情はね。だが今の彼のことはまるで知らないみたいだし、こんなにいろいろ起きてるんだから、誰かが背後で糸を引いているはずだ」

「ええ、それじゃ続きを聞かせてください」わたしはもどかしげに言った。

やけにあっさり話を受け入れられて、キングストンは少々面食らったようだが、すぐに勢い込んで続けた。

「一軒の家があるんです。舗装しかけの通りのはずれに、ぽつんと立った無人のヴィラが。教区の評議会に気づかれて工事を差し止められた、建売団地の最初の一軒だったんですけどね。ウィペットはそこに何度か足を運んでる。何も断言する気はないが、あのヘイホーって男はあんな見通しのいい畑じゃなく、どこかよそで殺されたはずだとは思いませんでしたか？　そのヴィラは人里離れた小さな家です。よからぬことをするにはお誂《あつら》え向きの。行ってみましょう」

その話にはたいそう説得力があったし、あれこれ反論して時間を無駄にしたくなかった。だがわたしがキングストンの車のほうに踏み出すと、彼はちょっぴり恥ずかしげに言った。

「あなたの車を使ったほうがいいんじゃないのかな。わたしのはほら、ピカピカの新車ってわけじゃないし、あいにく今はちょっといつもの不調に見舞われてるのでね。どこかでオイルが漏れて、イグニッションがいかれてるんですよ。つまり、いくつかプラグをきれいにするあいだ待っていただかないと……」

少しも待つ気はなかったので、わたしはラゴンダを私道に出した。キングストンはわたしのとなりに乗り込むと、その心地よさにうっとりして小さなため息をついた。

「では、まっすぐ坂を下って」彼は言った。「左側の最初の角を曲がってください」

そうして村を離れたわたしたちは、テザリングの丘を通り抜けてラッシュベリーへと向かう、曲がりくねった長く寂しい道路を進みはじめた。ほどなく、ふたたび角を曲がった。さらに半マイルほど行くと、ニレの木立ちの下にひっそりたたずむ〈犬と雌鶏亭《めんどり》〉なる小さなパブが見え、そこに近づいたところで、キングストンがわたしの腕に手を触れた。

「あなたはすっかり参っているようだ。ろくに眠っていないうえにこんなショックを受けたんじゃ、さぞたまらんでしょう。ちょっと休んで、一杯やったほうがいい」

そんな暇はないと食ってかかったが、彼は譲らず、わたしたちはそのパブに入った。

古くて信じがたいほど不潔な、冴えない小さな店だった。カウンターは安っぽい宣伝用の景品で埋め尽くされ、わたしたちが入っていったときには、先客は顎鬚を生やした歯のない老人一人きりだった。

キングストンはビールを飲もうと主張した。気分を落ち着かせるには昔ながらのビールがいちばんですよ、と彼は言い、のろっこいおかみがふたつのジョッキを満たしによろよろ遠ざかってゆくと、ラッグの件で老人を質問攻めにした。いろいろ考え合わせてみると、地元の方言を使ったその尋問は上出来だった。

しかしながら、ご老体はわたしたちの力にはなれなかった。視力が衰え、耳も遠いし、どのみちよそ者にはあまり興味がないという。

ようやく脂じみたふたつのジョッキがこちらへ押しやられると、キングストンはやおら、これから調べようとしている家を指さした。カウンターの奥のちっぽけな窓からかろうじて見えたのだ。半マイルほど先のうっそうたる茂みの中に、ピカピカの赤い屋根が頭をのぞかせている。

「よし、それじゃ行きましょう」わたしは言った。不運な旧友がそこで見つかるとはあまり期待できなかったが、残された時間は刻々と減っていたからだ。

キングストンも肚《はら》を決めたようだった。

「いいでしょう。もう一杯やってる暇はなさそうだ」

彼はぐっとジョッキのビールを飲みほし、わたしもそれに倣《なら》った。ところが、カウンターに背を向けた拍子によろめき、うっかり老人の白目《ピューター》のジョッキに肘をぶつけてしまった。中身が床に飛び散り、おかげで老人に詫びて代わりの飲み物をおごるのに、さらに数分ほど時間を食った。

ようやく店を出て車のまえにもどると、わたしはしばし立ち止まってハンドルを見おろした。

「ねえ、キングストン、本当にあの家へ行く必要があるのかな？」

「そりゃもう、あるに決まってますよ」彼は言い張った。「だっておかしいでしょう、よそ者が空き家の周囲をうろつくなんて」

わたしは座席に乗り込んで車を走らせた。路上を四分の一マイルほど進んだところで、不意に大きくカーブを切って車をとめた。

「あのう」とくぐもった声で言う。「運転を代わってもらえますか？」

こちらに向けられたキングストンのふくよかな顔は妙に若やぎ、興味深げな驚きをにじませていた。

「どうしたっていうんです？　疲労感に襲われたとか？」

「そうなんです」とわたし。「あの酒は恐ろしく強かったにちがいない。できるだけ先を急いでください」

彼がドアからおりると、わたしは空いた席へのろのろ移動した。ほどなく、車はふたたび轟音《ごうおん》をあげて路上を走りだしていた。わたしはあごを胸に載せて両目をなかば閉じ、力なく身を丸めた。

「どうしたのかな」ろれつがまわらなくなっていた。「ラッグを見つけなきゃならないのに。疲れてるんだ――恐ろしく」

やがてキングストンが車をとめると、閉じかけたまぶたの隙間から、荒れ果てた小さな一軒家が見えた。白い化粧漆喰《しっくい》の壁が、幾多《いくた》の雨で縞々になっている。家のわきにはガレージがあり、粗雑な造りの短い小道がそこへ続いていた。

キングストンがそのガレージの扉の錠を開けているのに気づいたあと、わたしは車の床にくずおれて両目を閉じ、ゆっくり、規則正しい間隔で呼吸しはじめた。

キングストンがふたたび運転席に乗り込み、車を狭苦しいガレージの中へとそろそろ進ませた。車をとめる音がして、彼の笑い声が聞こえた。それはこれまでに彼が発したどんな声ともちがっていた。

「そら、どうだね、お利口者のキャンピオン君。ぐっすり眠ってもらおうか」

彼は手袋をはめてせっせとハンドルをぬぐったようだった。そのあと、床から引きずりあげたわたしの両手を、ハンドルのなめらかな表面に押しつけた。その間《かん》もずっとしゃべり続けていた。

「一酸化炭素は楽に死なせてくれる。だからこそ、自殺者の多くがこの方法を選ぶのさ。じつに単純な話だろう？　わたしがエンジンをかけ放っしにしたまききみを車内に残して外へ出たあと、ガレージの扉を閉めてしまえば、奇矯《ききよう》なキャンピオン氏がまたもや説明しがたい行為に走ったことになる。著名なロンドンの犯罪学者が自ら命を絶ったというわけだ」

彼はしばらく時間をかけて準備をととのえ、ようやくすべてが完了すると、かがみ込んで身を乗り出してきた。

「わたしはきみには頭がよすぎたんだよ」その声にはぞっとするような響きがあった。

「とうていかなう相手じゃなかったのさ」

「そうでもないぞ」わたしはとつぜん言って、彼に飛びついた。

こちらはあの〈犬と雌鶏亭〉で、哀れな老人のビールを意味もなくこぼしたわけではない。窓の外の興味深いものを指さしながら、すばやく相手のジョッキに抱水クロラールを入れるなどという幼稚な手は、いっぱしの探偵には通用しないのだ。

わたしはキングストンの襟首《えりくび》をつかんでしばし取っ組み合った。しかし、相手の力に気づいていなかった。一見ふやけたタイプにもかかわらず、つかみかかると彼は意外に筋肉質で重量があった。しかも、精神に異常をきたした者ならではの猛々《たけだけ》しさで立ち向かってくる。もはや、誰がヘイホーの首にあの巧みな一刺しを見舞ったかは疑うべくもなかった。

わたしはどうにか車外へ逃れたものの、ガレージの扉のまえにはキングストンが立ちはだかっていた。陽光を背に、大きな肩がぐっと丸められるのが見えたかと思うと、彼が飛びかかってきて二人とも床にころがった。ちらりと彼の両目が見えたが、〝殺気だった目つき〟とはまさにあのことだろう。どうにか身をふりほどき、戸口にたどり着きかけたとき、万力のようなものに喉をつかまれ、身体ごと持ちあげられたわたしは頭からコンクリートの床にたたきつけられた。

エレベーターがいきなり急降下しはじめたような感じだった。それはぐんぐん下がり、ついには暗闇に包まれた。

意識を取りもどすと、そこらじゅうが痛くてぴくぴく引きつっていた。左右の腕がひとりでに、ゆっくり、リズミカルに上下に動いているのがわかり、わたしはどうにか息をしようとあえいだ。

「ほらほら——気をつけて。すごく上手にできてるよ。興奮しないで。落ち着いて」

その声は夢のように響いてきて、おぼろな霧の向こうに、保健室でわたしのベッドを見おろす顔じゅうインクだらけのおかしなちびの少年の姿が浮かびあがった。すぐにその少年は消えたが、まだ同じ顔が見えていた。ただしインクのシミは取れている。ウィペットだった。彼がわたしの背後にひざまずき、人工呼吸をほどこしていたのだ。

どっとすべての記憶がよみがえった。

「ラッグ！」とわたしは言った。「大変だ、ラッグを見つけなきゃ！」

「わかってる」ウィペットの声は、知的と言ってもいい響きを帯びていた。「あの医者はどう見ても危険なやつだよね？　だからきみを助け出すまえに、黙って立ち去らせたんだ。つまり、きみたち二人をいちどに抱え込みたくなかったんだよ」

わたしは上体を起こした。頭がずきずきし、たったひとつのことしかはっきり考えられなかった。

「さあ」とわたし。「手遅れになるまえにあいつを見つけ出さないと」

ウィペットがうなずき、とつぜん、その顔に浮かんだ理解の色への感謝の念がこみあげた。

「ついさっき自転車に乗った男が通りかかったから」ウィペットは言った。「ざっと事情を話し、村へ知らせにいってもらった。彼がそこらじゅうの人間を療養所へ向かわせるはずだよ。それがいちばんいい方法だと思って。ぼくの車は裏の牧場《まきば》にとめてある。じゃあ、今すぐテザリングへ行くかい？」

テザリングまでの道中のことは記憶にない。とにかく頭が破裂しそうで、口は錆《さ》びついてしまったかのようだった。しかも、ラッグがネルソン記念碑ぐらい大きな案山子《かか し》用の杭に引っかけられている悪夢のような光景が脳裏を離れなかった。

それでも目的地に着いたときのことは憶えている。わたしたちはキングストンの兵舎じみた家の玄関に車を乗りつけ、ドアが開かないのがわかると、肩から体当たりした。力を合わせてドアをぶち破った瞬間の、あのとてつもない高揚感は今も忘れない。

二階で何かが動く気配に、わたしたちは全速力で階段を駆けあがり、廊下に面した五つのドアが開いているのを見ると、ひとつだけ閉じたドアに飛びついた。施錠はされていなかったが、中から誰かが押さえていた。どうにか押し開けようと奮闘していると、ドアの向こうで彼がハアハアあえぎながらうなるのが聞こえた。

そのあと、とつぜんドアがさっと開いた。逆上しきっていたわたしのほうは、すかさず飛び込んで来《きた》るべき一撃を食らいかねなかったが、ウィペットは冷静だった。わたしを引きとめ、しばし様子を窺った。

開いたドアの奥に一台のベッドが見え、その上に大きな、見慣れた姿が乗っていた。顔は被《おお》われてはおらず、こちらから見えるかぎりでは自然な血色だ。ところが、じっと目をこらすうちにあるものが見え、わたしはカッと頬に血がのぼるのを感じた。それまで夢にも考えてみなかったことに気づき、全身が凍りつく思いだった。

ラッグの剝げあがった頭部を囲む色褪《いろあ》せた灰色のふよふよの髪が、ヘナで染めたように赤くなっていた。それを見て、はたと真相に気づいたのだ。ひとたび顔の見分けがつかなくなってしまえば、太った男の死体などどれも似たり寄ったりだし、時の経過がもたらすはずの変化はほかの手段でおぎなえる。キングストンは要するに、あの〝愉快な〟発掘のための死体を手に入れようとしていたのだ。

わたしはがばと床に這《は》いつくばった。そうして、ドアの陰からわたしを狙ってくり出されたパンチをかいくぐり、キングストンの足首をつかんだ。彼の胸に飛び乗って両手を喉にかけたとき、もう一台の車が着いて、階段にレオの声が響き渡った。

第十七章　遅ればせのフィナーレ

その後は警官たちが三人がかりでキングストンを車に乗り込ませ、予備審問のさいには法廷で前代未聞の騒ぎが起きた。巡回裁判で彼の代理人が心神喪失を主張し、その弁護が失敗したのは、どちらも当然のことだろう。だがそれはみな、のちの話だ。

当面のわたしの関心は、もっぱらラッグに向いていた。ウィペットと懸命の応急処置をしているうちに、プッシーが近くの村の医者を連れてあらわれ、その医者が、ハラハラするような荒療治でラッグを救ってくれたのだ。

もちろん、今度も抱水クロラールが使われていた。キングストンは追いつめられてはいても、自分のしていることを心得ていた。証拠物件となる遺体に外傷をつけたくなかったのだ。〝仕上げ〟の工程がどんなものになるはずだったのかは想像するしかないが、今でも考える気にはなれない。

ラッグは意識を回復するなり、経緯を話しはじめた。ごく初歩的なトリックだった。キングストンは〈高潮邸〉に電話して、ペッパーからわたしが村に出かけていることを聞き出すと、ラッグを呼んでほしいと言った。そして彼に、わたしからだと偽ってメッセージを伝えたのだ。ラッグにロンドンでやってほしい仕事があるが、そのまえにテザリングの教会墓地で会いたいという内容で、キングストンはさらに、墓地でわたしが何か見つけたようだとほのめかした。ラッグが荷物をまとめて野原の小道を道路までひとっ走りすれば、キングストンが車で迎えにゆくとのことだった。例の一ポンド札は、わたしがもどれない場合にそなえて、ペッパーへの心づけとして置いておくように指示された。それだけだった。

ラッグはその話を疑わなかったし、キングストンはじっさい彼を迎えにやってきた。目撃者がいなかったのは、周囲の誰もが医師の車をすっかり見慣れ、とくには注意を払わなかったからだろう。

テザリングに着くと、ラッグはキングストンの家のダイニングルームに通された。ビールを渡され、ここで待つようにと言われて。彼が飲んだそのビールにはクロラールが入れられており、さいわい、その後のことは何も憶えていなかった。

おそらくキングストンが一人で彼を二階へ運びあげ、髪の処理を終えたところに、わたしからの電話が入ったのだろう。

狡猾《こうかつ》きわまる計略で、それに気づいたときのラッグのコメントは、とてもここでは報告できない。

「旦那のせいですぜ」彼は非難がましく言った。「旦那が例によって〝やーい、つかまえてみな〟とばかりにあいつを挑発しまくってたなんて、あっしが知るわけないでしょうが。死体発掘の件を気前よく話してやれば、あいつが自分を狙ってくると思ったんでしょう？　あっしのことなんか、これっぽっちも考えずに。まったく旦那らしいね」

わたしはあやまり、こう言ってみた。「しかし、おまえが無事にその恐怖の体験を語れることに感謝しようじゃないか」

ラッグはわたしをねめつけた。「ああ、感謝してますよ。これじゃ頭を丸坊主にするっきゃない。ロンドンの友人たちにどう思われることやら。田舎で休暇をすごしてた？——そんなの、誰が信じるもんかい！」

この時点で、わたしはもう彼を眠らせるのがいちばんだろうと考えた。まだまだ、やるべきことが山ほどあったのだ。

その後の二十四時間、わたしたちはひっきりなしに働き、やがてようやくキングストンへの容疑が立証された。

墓が掘り返された日の夕方、レオとわたしはジャネットとともに〈千鳥足の騎士団〉へと向かった。レオはまだ、一連の証拠を結びつける最後の決め手となった、忌まわしくも滑稽《こっけい》な儀式の余波で怒りをくすぶらせていた。

「煉瓦《れんが》だぞ！」憤懣《ふんまん》やるかたない様子で言った。「黄ばんだ煉瓦を毛布でくるみ、柩の底に留めつけるとは……いやはや、キャンピオン、人を殺《あや》めたうえに、罰当たりなことをするやつだ。いまだに、あの男がどうしてあんなことを一人でやってのけられたのかわからん」

「一人じゃなかったんですよ」わたしはやんわり指摘した。「当のピーターズが手を貸したはずだし、それにほら、家の雑用をさせてる男がいたんです――例の工務店の息子がね。田舎ではたいてい、工務店が葬儀屋も兼ねてるものでしょう？」

「ロイルか！」レオはいきり立った。「ロイルの息子だな……それで死体置き場の鍵の件も説明がつく。あの若者は事件に加担していたのだと思うかね？」

「そうは思えません。キングストンにうまいこと利用されただけじゃないのかな。本人によれば、きみが修理の仕事をしているあいだに死体の計測をしておこうと言われたとか。むろん、看護婦のほうはぐるだったはずだけど、ぜったいつかまらないでしょうね。彼女はキングストンと二人で死亡証明書を書いているんです」

「ひどくややこしい話だけど」車の後部座席から、ジャネットが身を乗り出して割り込んできた。「要するに何人の兄弟がいたわけ？」

「一人もいなかったのさ」とわたし。「ロンドンから来たお利口な若者は、情けないことに、事実を鼻先につきつけられてようやく気づいたわけだがね。あの唯一無二の豚野郎《ビッグ》がいただけなのさ」

ここでジャネットは利口な娘ではないのだと言っても、きっと彼女は許してくれることだろう。このときの彼女は鈍感そのものだった。

「彼はなぜ、わざわざそんな手間をかけて一月に死んだふりをしたの？」

「そりゃあ」わたしはあきれ返って答えた。「例の保険金のためさ、お嬢さん。二万ポンドのね……。彼はその金をキングストンと山分けすることになっていた。療養先の医者と手を組んで、生命保険で金銭上の悩みを解決しようとしたわけさ。キングストンと豚野郎はロンドンで出会い、二人でそのペテンをたくらんだ。豚野郎はろくでなしの弟がいるふりをして自分の弁護士たちを騙《だま》し、その土台を築きあげたんだ。〈スキン・ステイン&スキン〉はかつては世評の高かった老舗《しにせ》の弁護士事務所で、保険会社にも顔がきく。そのじつ、今では顧客のうさん臭い死を見逃してしまうほど屋台骨がかたむいてるんだよ」

「おみごとね」ジャネットはしかつめらしく言ったあと、女性ならではの実際的な口調で言い添えた。「じゃあ、どうしてうまくいかなかったの？」

「豚野郎が根っから不誠実な男だったからさ。彼は分け前を払おうとしなかった。ひとたび金を手にすると、自分がキングストンの弱みを握っていることに気づき、しかも、そのときにはこの村の開発計画に夢中になっていたんだ。おそらくキングストンを手玉にとり、あれこれ約束したあげくコケにしたんだろう。だが彼は相手がどんな男か気づいていなかった。キングストンはうぬぼれ屋だ。バランス感覚を欠いた、いわば向こう見ずな勇気を持っている。その種の精神構造をしていなければ、そもそもあんなペテンの片棒を担ぐはずはない。彼は豚野郎に裏切られたことに堪《た》えがたいほどプライドを傷つけられ、当然ながら、あいつは信頼できないと気づいたんだよ」

「信頼できんだと？」レオがうなった。

「ええと、豚野郎は大酒を飲むようになってましたよね？」わたしは説明した。「キングストンの身にもなってください。彼にしてみれば、正当な分け前を巻きあげられたばかりか、すっかりいい気になって大酒を飲み、余計なことをしゃべりかねない男に命運を握られていたんです。たしかに、豚野郎がキングストンのしたことをばらせば、自分の罪まで暴くことになる。けれど、ぐでんぐでんに酔っ払うような男は不注意になりがちですからね。おまけにヘイホーの件もあった。あのよこしまな叔父は、よこしまな甥が贅沢《ぜいたく》三昧していることを知り、おこぼれにあずかろうとしていたんです。〈騎士団〉の開発を監視できるよう、近くの丘に望遠鏡まで設置して。キングストンにとっては二重の危険があったわけですよ。おそらくひとつ目の巧妙な犯行は、とっさに思いついたものでしょう。彼は恐怖に煽《あお》られ、憤怒《ふんぬ》に駆られて動いたんです」

レオは表現力豊かな罵声を発した。「恐ろしいやつだ。あの叔父は事実を察し、彼をゆすったのだろうな?」

「たしかに、ヘイホー叔父さんは沈黙の代価を得ようとしたのでしょうが、さすがにキングストンが豚野郎を殺したとは思ってなかったんじゃないかな。ただ、あの老人は最初の葬式に何かひどくうさん臭いところがあるのを嗅ぎつけていた。そこでキングストンとその件を話し合って条件を協議すべく、例の空き家で会う約束をした。キングストンはそこでヘイホーを殺し、あとで遺体を発見現場のトウモロコシ畑へ運んだんです。例の場所に置くまで、ナイフを傷に刺したままでね。それで道中は多量の出血を避けることができたんですよ」

ジャネットが身震いした。「彼はわたしたちみんなをまんまと欺《あざむ》いたわけね。そんなこととは、夢にも思わなかった——」

レオが騒々しく咳払いして相槌《あいづち》をうつ。「まったく、もののみごとに欺かれたよ。なかなか慎みのある男に見えたのだが」

「ほんとに驚きでしたよね」わたしは認めた。「あの晩、ぼくがディナーの席にあらわれたときには、彼もいささか動揺したはずです——一月の葬式で顔を合わせていたんですから。しかし、すかさず例の兄弟の話を持ち出し、まことしやかに語ってみせた。彼が犯した唯一のミスは、ぼくがもういちど詳しく調べるつもりだと聞いて、死体を川へ運んだことです。あれは衝動的にやったことですからね。いつもきちんと先を読み、まっすぐそちらへ進んでいたのに」

うしろの座席に引っ込んだジャネットが言った。「あなたは彼が仕掛けた最後の罠に、のこのこ引っかかったりすべきじゃなかったわ」

「けどね、きみ」わたしは必死に自己弁護した。「こちらは殺人、もしくは、殺人未遂の証拠を手に入れなければならなかったんだ。彼は何ひとつ証拠を残さず、最初のふたつの犯行をやってのけてたんだから。とはいえラッグのことがなければ、ぼくもあれほど無茶なまねはしなかっただろうがね」

「ギルバートがいなければ、あなたはとんだ間抜けに見えてたところよ」

わたしがさっと鋭い目を向けると、ジャネットは顔を赤らめた。

「じつはキングストンが〈高潮邸〉へぼくを迎えにくることになったあと、少しばかりウィペットと電話で話し合ったんだ」わたしは打ち明けた。「彼は例の空き家に目をつけ、注意を喚起してくれていた。それで二人とも、キングストンがぼくを襲うとすれば、あそこへ連れていくはずだと考えたのさ。ウィペットがいなければ、ぼくだってあんな度胸はなかったよ。高度の知性の持ち主は、人生を愛するものだからね」

ジャネットはえくぼを見せた。彼女は頬をバラ色に染めるとじつに愛らしいのだ。

「じゃあ、あなたはギルバートの真価を認めてるのね?」

わたしは彼女をまじまじと見た。「きみのほうこそどうなんだ?」

「まあ少しは」彼女はもごもごと答えた。

「へぇっ!」とわたし。

レオが今しも説明を求めようとしたとき、車が〈騎士団〉のまえにとまった。ポピーとプッシー、それにウィペットがラウンジで待っていた。みなが細長いグラスの中の氷をカチャカチャいわせながら椅子に腰を落ち着けると、ポピーがとつぜんわたしに向きなおった。

「ぜったいあなたは間違ってるわ、アルバート。あんまり厳しいことは言いたくないし、ほんとにあなたはすごく頭のいい人よ。でもどうしてドクター・キングストンにハリス——あなたによればピーターズだけど——を殺すことができたの？　キングストンはあの壺が落ちてきたとき、この部屋でレオとポーカーをしてたのよ。あなただって、あの壺がひとりでにすべり落ちたはずはないと言ってたじゃない」

余興の手品を披露するチャンスが訪れたので、できるだけ古来の伝統にのっとってやってみた。

「ねえポピー、あの殺人が起きた朝、キングストンがおたくのメイドを診察しにきたのを憶えてますか？　たぶんあなたが上の部屋へ連れてゆき、一緒にあの娘《こ》の様子を見たんでしょうね？　ベッドの枕元の水差しには氷が入ってませんでしたか？」

ポピーはしばし考え込んだあと、「いいえ。彼が下へおりてきたとき、氷が入った飲み物をあげたけど。つまり、バスルームへ手を洗いにいかせたあとで。わたしがここへおりてしばらくすると彼がおりてきて、一杯やったあと、フロッシーに渡し忘れた薬を届けにあがっていったわ」

「ほほう！」わたしは芝居気たっぷりに言った。「あなたがここに来たあと、彼がおりてくるまでにかなり時間がかかったんじゃないかな？」

ポピーは興味深げに目をあげた。「あら、ええ、たしかに。今にして思えば、ずいぶん時間がかかったわ」

いわば、ウサギを帽子の中に仕込み終えたわたしは、それを派手に取り出す作業へと移った。

まずは、「キングストンはハリス、またの名を〝豚野郎〟を階段で見かけたが、彼はひどい二日酔いだったと言っていました」と切り出し、「その話の前半は嘘、後半は事実です。豚野郎が自分の部屋にいると、キングストンが――あなたを下へ厄介払いしたあと――こっそり会いにきたんです。着替えを終えたばかりの豚野郎は酔いざましの薬をほしがり、キングストンを疑ってもみなかった。彼をいたぶりすぎたとは夢にも思っていなかったんでしょう。結局のところ、人はたえず殺されることを警戒したりはしませんからね。キングストンの診察鞄には、適量を使えばすぐれた睡眠作用で知られるクロラールが入っていた。そこで絶好の機会が訪れたことに気づいた彼は、豚野郎にたっぷりクロラールを飲ませ、庭へ休みにいかせたんです。

そのあと階下におりると、ラウンジの窓から、豚野郎がデッキチェアにすわり込むのが見えた。当初はそのまま彼を死なせ、検死官に常習的な薬物中毒を疑わせるつもりだったんでしょう。だがそれには危険がともなうし、あの椅子がちょうど窓の真下にあったことから、もうひとつのアイデアが浮かんだんですよ。たしかに注意して見れば、この家の窓はそれぞれ下の階の窓の真上にあるし、ここに少しでもなじみがある者なら、あの石の壺に気づいていないはずはない。あの壺はもともと、屋根裏部屋の窓を外から見えにくくするために置かれていたんです。で、キングストンはハイボールをかたむけるうちに、はたとひらめいたんですよ。彼のグラスにはしっかりした長方形の氷がいくつか入っていたので、そのうちふたつをポケットにすべり込ませた。それからメイドに薬を渡し忘れたとかいう話をでっちあげ、いつも朝のその時間には人気《ひとけ》のない最上階へとふたたびあがっていったんです。

屋上からのぞくとあんのじょう、豚野郎は納戸のまえの壺の真下にすわっていた。キングストンは彼がすでに意識を失って、そのまま動かないはずなのを知っていた。あとはわけもないことでした。あの壺を持ちあげて底の突起を溝から引き抜き、本体が胸壁の縁からなかば飛び出すように置きなおす。それから、台座の外側の端をふたつの氷のかけらで支え、静かに階下へもどってきたんです。胸壁は窓の下枠より少し低いから、納戸のドアの外を通りかかった者に、壺の位置がいくらかずれてることに気づかれる恐れはまずありません。だからあとは、じっと待つだけでよかったんです」

ポピーは青ざめた顔でわたしを見つめた。

「氷がとけて壺が落っこちるまで？　何て——ぞっとする話なの！」

プッシー警部がかぶりをふった。「ほんとに、悪賢いこってすよ。ちなみに、あなたはどうしてそれに気づかれたんですか？」

「事件当日、屋上を調べたら、胸壁の縁の苔《こけ》が湿っていたんだよ。最初はどういうことかわからなかったけど、このまえここでハイボールを飲んだときグラスの中の氷を見て、とつぜんその意味に気がついたのさ」

「すばらしい！」ウィペットが悪意のない口調で言った。「もちろん、ぼくもあいつを疑ってはいたけど、アリバイの件で行き詰まっちゃったんだ」

レオが初めてウィペットの存在に気づいたかのように彼を見つめた。

「ミスタ……あー、ウィペット、むろんきみがここにいるのは大いに喜ばしいことだ。だが、きみはこの驚くべき話のどこにかかわっとるのかね？　ここで何をしているのかな？」

しばしの間《ま》があり、みなが彼のことはわたしの責任だとでも言わんばかりにこちらへ目を向けた。わたしはウィペットに目を向けた。

「彼の小さな両手は擦《す》りむけ、鼻は血にまみれている……」と言ったあと、「こちらはギルバート・ウィペット・ジュニア、〈相互保障生命・養老保険商会《ミューチュアル・オーダード・ライフ・エンドーメント》〉のQ・ギルバート・ウィペット氏の子息です。あの会社はときおり、社名の頭文字をとって〈モグラ《MOLE》〉と呼ばれる。ぼくはこのまえ〈羽根飾り亭〉で話したときようやくそれに気づいて、間抜けな自分を蹴飛ばしたい思いでしたよ。きみは昔からものぐさだったよな、ウィペット」

彼はうっすら笑みを浮かべて、おずおず切り出した。「ぼくは——ほら、動きまわるより書くことのほうが好きなんだ。ごめんよ、キャンピオン、こんなことに引きずり込んじゃって。でも初めはもやもやした疑い以外、何ひとつ手がかりはなかったんだよ。それできみにじかに話を持ちかけるわけにはいかなくて。だってさ——ええと——何も直接的な証拠はないわけだから。それで——手紙を書いたんだ」

声が尻すぼみに消えた。

「ラッグもぼくも、きみの手法には感銘を受けたよ」とわたし。

ウィペットは重々しくうなずき、「確実にきみの興味を惹くには、ああするのがいちばんに思えたんだよ」と落ち着きはらって言った。「だからきみがだらけそうになるたびに、また書いたんだ」

「それに、会社の連中がつかまえてきたエフィをぼくにけしかけたんだな？」わたしは冷ややかに言った。

「ええと——そうなんだ」ウィペットはぬけぬけと認めた。

ポピーが室内を見まわした。「彼女は今はどこにいるの？」

ウィペットはにっこりした。これまで見たこともないほど晴れやかな笑みだった。

「彼女は――ええと――バズウィックと一緒です。町へ行ったんですよ、映画を見に。あの二人にはぴったりだと思ったな。つまりその、ハッピーエンドとかいったところが」

わたしはあんぐり口を開けてウィペットを見つめた。彼に敬意すら覚えた。

翌日、ラッグとロンドンへもどるさいには、ちょうど〈高潮邸〉の昼食会に来ていたポピーがレオと芝地で手をふりながら見送ってくれた。空は青と白のまだら模様で、小鳥たちがさえずり、空気は干し草の香りを帯びていた。

車が動きだす直前に、ジャネットがウィペットの手を引いて駆け寄ってきた。両目を躍らせ、うっとりするほど愛らしい姿で。

「お祝いを言って、アルバート」彼女は言った。「わたしたち婚約したの。すてきでしょ？」

そこで、快く二人を祝福すると、ウィペットは両目をしばたたかせてわたしを見た。

「きみのおかげだよ、キャンピオン」

わたしたちはしばらく無言で車を走らせた。わたしはじっと考え込み、かたや、卵のようなつるつる頭になったラッグは意気消沈しているようだった。

車が幹線道路に出ると、彼はわたしを小突いた。

「たいしたもんじゃないですか！」

「誰がだい？」わたしは尋ねた——内心、しかるべきささやかな栄誉を認めるにやぶさかではなかったが。

ラッグは意地の悪い流し目を向けてよこし、「あのウィペットってやつですよ。エフィ・ローランドソンみたいな娘とやってきて、ジャネット・パースウィヴァント嬢をさらっていくとは……なかなかできるこっちゃないですぜ」

「ラッグ」わたしはがっくりして言った。「おまえは家まで歩いて帰りたいのか？」

クリスマスの朝に

On Christmas Day in the Morning

贅《ぜい》を尽くした午餐《ごさん》のあと、地元の警察本部長のサー・レオ・パースウィヴァントは屋敷の心地よい書斎に腰をすえ、クリスマスの愁《うれ》いについて気恥ずかしげに話していた。相手は、この大規模なハウスパーティの客の中で彼がいちばんひいきにしているアルバート・キャンピオン氏で、穏やかに笑いながら耳をかたむけている。

角縁《つのぶち》眼鏡の奥の薄青い目を眠たげにしょぼつかせた年下の男は、内心、たしかにそうだと考えていた。こうした饗宴は、どれほどみごとに準備されていても、中年をすぎると以前と同じようには感じられなくなる。いつまでも同じ愉しさを期待するのは、愛すべきレオぐらいのものだろう。とはいえ、あの七面鳥のすばらしかったこと！

ところがそこで、地元署の警視が少々気の滅入る話をしにあらわれ、おかげですべてが台なしになってしまったようだった。

目下のところ、その訪問者はヒイラギと金銀の花綱で飾られた壁を背に、背もたれの高い木の椅子にしゃっちょこばって腰かけている。短い灰色の髪の下の黒い両目は、思いつめたように見開かれていた。

痩せこけてせかせかしたバシー警視は、真の驚異を愛してやまない田舎者の一人だった。長年の経験と幻滅にもかかわらず、いまだに彼らの世界では、〈とうてい起きるはずはないのにたしかに起きたこと〉が一定の敬意をもって語られるのだ。警視は今しもそのひとつについて述べていた。

その出来事はすでに彼自身のクリスマスをぶち壊し、他の多くの人々を終日みぞれの中に駆り出していた。それでも、バシーは五分間でも職務を放置する気にはなれないようだった。サー・レオがぜひにと彼のために運んでこさせた七面鳥のサンドウィッチは上の空で平らげられ、スコッチのソーダ割りのグラスは手もつけられていない。

「そんなわけで、ただちにお訪ねするしかなかったのです」バシーがこれを言うのは三度目だった。「やむをえんことでした。まったく何が起きたのやら……。奇跡のような話です。それでなくとも」彼は腹立たしげに二人を見た。「よりにもよってクリスマスの朝に、気の毒な年寄りの郵便配達夫を殺すとは！　人間《ひと》のすることじゃない。異常きわまりありません」

サー・レオは白髪頭をうなずかせた。「ひどい話だ」と相槌《あいづち》をうち、「ところで、事情をはっきりさせておきたいのだが。被害者はベンハム通りとアシュビー通りの交わる十字路で車に撥《は》ねられたと見られ……」

バシーはかたわらの箱から一握りの煙草をつかみ取り、テーブルの上に十字形に並べてみせた。

「ええと……これがアシュビー通りで、わずかにカーブしています。そしてこちらが、そのカーブの中をまっすぐ走り抜けるベンハム通り。ご承知のとおり、サー・レオ、どちらもこのあたりでは一般的な広々とした街道です。今朝がた、ベンハム村の郵便配達夫のフレッド・ノークスが――いい男で、独り身だったのがせめてものさいわいですが――クリスマスの郵便をどっさり積んで、ベンハム通りをやってきました」

「自転車で?」キャンピオンが尋ねた。

「おっしゃるとおり、自転車で。ノークスは十字路のすぐ手前の農場に立ち寄り、きっかり十時ごろにそこをあとにした。それがわかっているのは、彼がそこでお茶を一杯ふるまわれたからでして。その後は十字路を突っ切り、そのままベンハム通りを進むはずでした」

バシーはそこで、十字形に並べられた煙草から目をあげた。

「今朝はあそこを通る者はほとんどいませんでした、ずっとひどい天気でしたから。あとになると今度は往来が激しくなって……手がかりになるようなタイヤのすべり跡も残ってません。まあ、早い話が、十時から半時間近くは誰も気の毒なノークス老人を見ておらんようなのですよ。その後、十字路の三百ヤードほど先のベンハム通りの自宅にいた村の巡査が、郵便が届いているか門まで見にいきました。彼はすぐさま、通りの真ん中で自転車の上に倒れ込んでいる郵便配達夫に目をとめた。そのときにはもう、こと切れていたそうです」

「では被害者は仕事を続けようとしていたわけか?」サー・レオが口をはさんだ。

「はい。自転車を押して歩き続けるうちに、力尽きて倒れたようで。頭蓋《ずがい》の側面に何か――たとえば車のサイドミラーとか――が当たったような陥没が認められました。医師の報告書を持参したので、あとでお見せします。それより、べつの気になることがありまして」

バシー警視の指が、煙草で作られたもうひとつの線に向けられた。

「話は変わってちょうど十時ごろ、アシュビー通りのこのあたり、カーブの少しだけ手前を二人の男が歩いていました。彼らは背後から暴走してきた車にあやうく轢《ひ》かれかけたと言ってます。その車は彼らのわきをかすめ、十字路に向かって猛スピードでカーブを曲がっていったとか。しかしほどなく、十字路を越えた半マイルほど先の地点で、一台のパトカーがその車を見かけて首尾よくとまらせました。ちょっとした口論のあと、とつぜん怖気《おじけ》づいたドライバーがふたたびアクセルを踏むと、車がスリップしていちばん近くの電柱に激突したのです。その車は盗まれたものだとわかったうえに、後部座席には飲みかけのジンの瓶が四本ありました。車内の二人はどちらも大トラだったそうで、今は身柄を拘束されてます」

キャンピオンは眼鏡をはずし、両目を細めて話者を見つめた。

「つまり、そのふたつの出来事には関連がある――例の郵便配達夫と酔っ払いどもは十字路で鉢合わせしたというわけかい？　何かその痕跡が車体に残っているのかな？」

バシー警視は肩をすくめた。「それはうちの連中が調べてるところです。二度目の衝突で少々ことが複雑になってしまったが、先ほど電話してみたときには望みがありそうでした」

「しかしだな、きみ！」サー・レオは戸惑っていた。「その車が郵便配達夫を撥ねたという専門家の証言を得られるのなら、もう気を揉むことはなかろう。むろん、不運な被害者が自力で立ちあがって例の巡査の家のほうへ三百ヤードほどよろめき進んだという仮説が医学的に認められればの話だが」

　バシーは口ごもり、

「その点がちょっと……」と切り出した。「たんにそれだけなら問題はないはずなのですが、そうはいかない理由をお話しします。ベンハム通りのその三百ヤードの区間、つまり十字路とノークス爺さんが息絶えた場所のあいだには、生垣の外の枝道につながる踏越し段《スタイル》がありまして。その下の荒れ果てた小道を四分の一マイルほど進んだ先にある一軒の小さなコテージに、今朝も郵便が届けられているのです。医師によれば、ノークスは自転車にもたれて通りを三百ヤードほどよろめき進むことはできても、その踏越し段を越えてさらに進むのはぜったいに不可能だったはずだとか。わたしもじかに話してみましたが、検査に当たった医師はこの手のことにかけてはいっぱしの大家で、頑として意見を変えそうにないのです」

「そうなると」キャンピオンが目ざとく言った。「被害者はそのコテージからもどったあと、踏越し段と巡査の家のあいだで撥ねられたということになりそうだな」

「巡査もまずはそれを考え――」バシーは黒い目をきらりと光らせた。「電話で救助を求めるや、そのコテージへノークスが寄ったか確かめに行きました。そしてじっさい寄ったことがわかると、通りの状況を調べはじめたのです。だが少々腑に落ちないことがありました。彼は一時間ほどまえから細君と窓辺で郵便が着くのを待っていたのに、どちらの方向へ進む車も目にしていなかった。郵便配達夫が倒れていた場所の付近で事故に遭ったとすれば、彼を背後から撥《は》ねた車は、そのあとUターンして元の方向へ走り去ったにちがいありません」

レオが眉根を寄せた。「十字路のそばにいた連中は？　彼らはほかの車を見たのかね？」

「いいえ」いよいよ話の核心に近づいた今、バシーは無邪気な驚嘆に顔を輝かせていた。「それは何度も確かめました。誰もが周囲にほかの車や荷馬車は見当たらなかったと断言し、それはさいわいだったと言ってます——電柱に突っ込んだ車の暴走ぶりを思えば当然ですな。というわけで、わたしの見るところ、これは正真正銘の神秘的《ミステ》事件《リー》です。まあ、あまり気持ちのいい奇跡じゃないし、おかげで例の二人の酔いどれは殺人罪をまぬがれちまうのでしょうがね。うちの連中が車体にどんな痕跡を見つけたところで、とうていあの医師の証言をうち崩すことはできそうにありませんから」

キャンピオンは悲しげに立ちあがった。降りしきるみぞれが窓を打ち、家の奥からはそれよりはるかに心惹かれる、茶碗のカチャカチャいう音が聞こえている。彼はサー・レオにうなずきかけた。

「残念ながら、外が暗くなるまえにその小道を見にいくしかなさそうですね。この天気では、明日には路面の状態が変わってしまうかもしれません」

サー・レオはため息をつき、「やれやれ、〝クリスマスの朝に〟！」とおなじみのクリスマスキャロルの一節を苦々しげに口にした。「だがきみの言うとおりかもしれんな」

彼らは気の重い外出の途中でベンハム村の警察署に立ち寄り、くだんの巡査を車に乗せた。彼は愛らしい天使のような顔をした快活な若者で、童話に出てきそうなぶかぶかの長靴をはいていた。死んだ郵便配達夫には好意を抱いていたので、いさんで現場の案内役を買って出た。

彼らは十字路と通りのカーブ、それに問題の車が災難に遭った場所を入念に視察した。踏越し段のまえに着いたころには、天地のすべてが灰色の凍《い》てつくような冷気に包まれていた。クリスマスの余韻は消え失せ、ただ荒寥《こうりょう》たる冬景色だけが広がっている。その昔、人々はこれに打ち克つために心躍る祝祭を考え出したのだ。

キャンピオンが身軽に踏越し段の向こうに飛びおりると、サー・レオがいささか苦労しながらあとに続いた。生垣を乗り越えるだけでも厄介だったし、その下の小道は細くてぬるぬるしていた。曲がりくねった路面が前方の薄もやの奥へと果てしなく続いているかに見える。

彼らは一列になって、足をすべらせながら黙々と進んだ。一マイルも歩いたような気がしたところでふたつ目の踏越し段に出くわし、次には細い流れにかけられた厚板の橋、さらには泥沼にしか見えないぬかるみが待っていた。どうにかそこを抜け出すと、バシーはぽたぽた水のしたたる帽子を頭のうしろへ押しやりながら巡査をにらんだ。

「これは何かの冗談じゃあるまいな、え?」

「いえ、警視」若者は顔を真っ赤にした。「その小さな家はすぐそこにあります。ちょっとばかり屋根が低くて目につきにくいけど。ほら、あそこです」

巡査は少しだけ離れたところにある丸っこいふくらみを指さした。みんなが干し草の山だとばかり思っていたそれは、近づいてみると、あばら家の屋根だった。小さな家は彼らに背を向け、濡れそぼった荒れ地にぽつんとうずくまっていた。

「いやはや!」その何ともわびしいたたずまいに、サー・レオはうろたえた。「あそこに本当に誰かが住んでいるのか?」

「あ、はい。ご高齢の未亡人で、ファイソン夫人という方が」

「たった一人で?」レオは肝をつぶしたようだった。「年齢は?」

「正確には知りません、本部長殿。かなりの高齢で、七十五歳は超えているはずですが」

サー・レオがつと足をとめ、一行の上に沈黙が垂れ込めた。ひっそり静まり返った、言いようもなく哀れな光景を見ていると、世界じゅうが息絶えてしまったかのようだった。

呪縛を破ったのはキャンピオンだった。

「どう見ても瀕死の男が歩いてこられる場所じゃない」彼はきっぱりと言った。「まさに医師の言うとおりだと思いませんか? だがせっかくここまで来たんですから、ちょっとあそこに寄って家の主《あるじ》に会ってみましょう」

サー・レオは身震いした。「とても全員は入れんぞ」と反論し、「何なら警視が……」

「いいえ。あなたとぼくで行きましょう」キャンピオンは頑として言った。「それでかまいませんか、警視?」

バシーはどうぞとばかりに手をふり動かした。「あれこれ探りを入れてくださるおつもりなら、このへんでお待ちしとります」彼は陽気に言った。「こちらはもうへとへとですわ。何てところだ！　郵便配達夫のほかにここへ来る者などあるのかね、巡査？」

キャンピオンはサー・レオの腕をつかんで有無を言わさずコテージの表側へと導いた。一階のたったひとつの窓の奥には黄色い光が見えていた。足をすべらせながら細い煉瓦《れんが》の小道を進んでちっぽけなドアに近づくと、レオがまたしり込みしはじめた。怖気をふるっているのが一目でわかる。

「どうも気が進まん」レオはぶつぶつ言った。「さあ。どうしてもやるならきみがノックしろ」

キャンピオンは楣《まぐさ》に頭をぶつけないように身をかがめ、言われたとおりにノックした。中で何やら動く気配がしたかと思うと、いきなりドアが大きく開き、ぎょっとするほど温かい空気が流れ出してきた。

目のまえにあらわれた小柄な老女は、べつだん驚いたふしもなく彼を見あげている。きらきら輝く両目がとりわけ印象的だった。

「おやまあ」彼女が不意に、親しげな口調で言った。「びしょ濡れじゃありませんの。さ、お入りなさい」そのあと、彼の背後にむっつり立っているサー・レオに気づき、

「どうぞ、お二人とも！　まあ、よくいらしてくださったこと。頭をぶつけないよう

に気をつけて」

二人がろくに室内に入らないうちから、これは社交的な訪問のようになっていた。相手がまったく驚いていないうえに、天井がやけに低いので、終始あちらのペースで押し切られてしまったのだ。

彼女は最初から全力をあげて二人をくつろがせようとした。

「すぐにおすわりいただかなくてはね」と笑いながら言い、ちっぽけな黒いストーブの左右にひとつずつ置かれた小さな椅子のほうに手をふった。「たいていの方たちはそうですの。ご覧のとおり、わたくしは背丈がないので立ったままでもだいじょうぶですけど。こちらのこれがわたくしの椅子ですわ。あら、それはお脱ぎにならないと」彼女はサー・レオのコートに手を触れた。「さもないと外へ出たとき、風邪を引いてしまいます。ひどく冷え込んでおりますものね？ でも、それもこの季節らしくていいものですわ」

あとから思えば、最初の五分間はキャンピオン自身もサー・レオも何ひとつ言い出せなかった気がする。たしかに、会話らしきものはいっさい交わされぬまま、彼らは腰をおろしてその家の一階の一間きりの部屋を見まわした。

室内はみすぼらしくはなかったが、壁紙は貼られておらず、家具も古いばかりで骨《こっ》董《とう》的な価値はなさそうだった。どこもかしこも、とうてい小ぎれいだとは言いがたいものの、目下のところはクリスマスらしい賑わいを見せている。二枚の絵の上にはヒイラギが飾られ、ストーブが置かれた暖炉の上の棚には、華やかなクリスマスカードがびっしり並べられていた。

やがて女主人が彼らのあいだに腰をおろした。かたわらのテーブルにはささやかなお茶会《ティー・パーティ》のための道具が用意されており、その真ん中に置かれた紅白のすりガラスのオイルランプが彼女の穏やかな顔に快い光を投げかけた。

小柄だがふくよかな老女は、真っ白な髪を小さな丸い頭のまわりにぴたりと撫でつけていた。色とりどりの手編みの服の上に、ひどくちぐはぐなシルクのマルティーズレースのつけ襟《えり》とずっしりした金鎖のネックレスを着けている。彼女が頬を染めているのを見て、二人は初めて相手が内気な女性であることに気づいた。

「まあ」彼女はついに叫び、黙りこくっていた彼らを恥じ入らせた。「もっと早くに申し上げるべきでしたのに。クリスマスおめでとうございます！　この日が毎年めぐってくるなんてすてきですわね？　いやになるほどあっという間に来てしまいますけど、やはり嬉しいものですわ。とても心の浮き立つ季節じゃありませんこと？」

サー・レオが必死に心を引きしめているのが目に見えるようだった。

「申し訳ありません」サー・レオは切り出した。「このような日にお邪魔して。じつは……」

けれど老女はにっこり笑ってふたたび彼を黙らせた。

「かまいませんわ。ええ、ちっとも。お客様は大歓迎。冬にはそうそう誰もが、あの小道をものともせずに訪ねてくださるわけじゃありませんから」

「しかしもちろん、ときには訪ねてくる人もいるのでしょうね?」キャンピオンは思いきって尋ねた。

「それはもう」老女はあの内気な笑みを浮かべた。「毎週のように。誰か彼かが、週に一度は村から足を運んでくれます。今朝も一人の若者、正確には村の巡査が、わざわざここまでクリスマスのお祝いを言いにきて、ちゃんと郵便が届いたか確かめてくれましたのよ!」

「たしかに郵便は届いたわけですな!」サー・レオはほっとした顔で、ずらりと並んだクリスマスカードに目をやった。彼は家族の絆を信じる心優しい感傷的な男で、孤独というものに我慢がならないのだ。

老女はうなずきながら、色とりどりのカードをさも愛しげに見た。

「今年もまたあそこに並んだカードを見られて嬉しいですわ。クリスマスの真の喜びのひとつじゃありませんこと？　どれにも自分を愛してくれている、愛しい人たちからのメッセージが書かれ、しかもあんなにすてきなものばかり！」

「今朝は早めに階下へおりて、郵便配達夫が来るのを待っておられたのでしょうな？」サー・レオは心なごむ無邪気な口調で尋ねたが、老女は恥ずかしげに目を伏せた。

「それが、寝床を出てもいませんでしたの！　ひどい話ですわよね？　今朝はゆっくりしすぎてしまって……。じつは、ちょうどあちらのマットから郵便物を取りあげているときに巡査が訪ねてきたんです。とてもいい青年で、ひろい集めるのを手伝ってくれました。ほんとたくさんありましたから。今朝はいただいたカードのことを考えながら、ぐずぐずベッドに横たわっていましたの」

「それでも、郵便物が投げ込まれるのは聞こえたわけだ」レオは大いに満足したようだった。「だから多くのカードがあそこにあるとわかっておられたのでしょう？」

「あら、ええ」彼女はほっとした声で、「あそこにあるのはわかっていました。ところで、お茶でも召しあがりませんか？　ちょうどお客様を待っているところで……親しい女性《ひと》と彼女の小さな坊やだけなんですけれど。じきに着くはずですわ。さきほどはノックの音を聞いて、てっきりその二人がもう着いたのかと思いましたの」

サー・レオはもう失礼すると答えたが、とくにあわてたそぶりも見せず、今ではこの訪問を楽しんでいるようだった。いっぽう、炉棚のカードをもっとよく見ようと立ちあがっていたキャンピオンは、あまり早くお湯が沸いてしまわないように彼女が卓上ウォーマーの炎を調節するのに手を貸した。

炉棚の飾りは壮観だった。ぜんぶで三十枚近いカードがある。それらがおさめられていた封筒はきれいに束ねて置時計のうしろに押し込まれ、そのため、全体的な印象がさらに華やかになっていた。

図柄はおおむね伝統的なものだった。花輪、炉辺の光景、聖者や天使たち。それに次いで多いのは、季節はずれの花々が咲き乱れる庭園か、毛玉のついたベレー帽をかぶったスコティッシュテリアの絵だ。象牙《ぞうげ》色一色の紙面に、薔薇《ばら》と勿忘草《わすれなぐさ》に囲まれた四頭立ての馬車の切り絵が入ったみごとなカードもある。書き添えられたメッセージはどれも親密な心のこもったもので、愛と友情と祝祭の季節の喜びに満ちあふれていた。

愛しいあなたへ、心よりご多幸を祈ります。〈ライム荘〉の一同より。
大好きな叔母ちゃまへ、小さなフィルより。

愛と思い出を込めて、エディスとテッド。

すぎし日の夢にまさるものはなし。心を込めて、ジョージ。

最愛のお母様へ。

おめでとう。山ほどの愛を。もう出発だ。手紙を書くよ。どうか身体に気をつけて。ソニー。

親愛なるアグネスへ、わたしたちみんなから愛を込めて。


長いことそのまえにたたずんでいたキャンピオンは、ついに炉棚に背を向けた。梁《はり》に頭をぶつけないようにかがみ込んでいなければならなかったが、それでも、じっと見あげる老女のまえにそそり立つ形になった。

何かが起きていた。とつじょ静まり返った家の中で、やかんのシューシューいう音がいやに甲高く聞こえる。人里離れた伏屋《ふせや》のうら寂しさが脳裏によみがえり、心地よい部屋を一気に冷え込ませた。

老女の笑みは消え失せ、両目に警戒の色が浮かんでいる。

「ええと……」キャンピオンはごくやんわりと切り出した。「どうなんでしょう？あなたはいつもクリスマス前夜に寝床へゆくまえに、あれをぜんぶ封筒に入れたまま、マットの上に置いておくんじゃないですか?」

その質問の主旨と途方もない残酷さにサー・レオが気づくまで、しばしの間《ま》があった。息詰まるような堪《た》えがたい沈黙を貫くように、ファイソン夫人がいたずらっぽい笑い声をあげた。

「そりゃあ、そのほうが楽しいですもの!」彼女は、ととのった顔をじわじわ真っ赤に染めはじめたサー・レオに目を向けた。

「では……」レオは声をしぼりだすのに苦労しているようだった。「では、今朝は郵便配達夫は来なかったのですか、奥さん?」

老女は静かに彼を見つめた――あの無邪気な笑みを口元にちらつかせたまま。

「郵便配達夫がここに来るのは、何か政府からの便りがあるときだけですわ」彼女は快活に言った。「近ごろは誰もが政府から手紙をもらうようですものね? でも私的な手紙が届くことはまずありません。なぜって、わたくしは最後の生き残りなんです」そこで言葉を切り、ほんのわずかに眉をひそめた。大らかなすべすべした額に、小さな影がさざ波のように広がってゆく。「何度も戦争がありましたから」彼女は悲しげに結んだ。

「しかし、奥さん……」サー・レオはすっかり打ちのめされていた。両目に涙が浮かび、言葉を失っている。

老女は励ますように彼の腕をたたき、

「まあ、あなた」と優しく言った。「お気になさらないで。悲しむことはありません。今日はクリスマスですもの。わたくしたちはみんな、この日が大好きでした。あの人たちがクリスマスに送ってくれた愛を、わたくしは今もこうして受け取っている。クリスマスにはいつも彼らを思い出し、彼らのほうもわたくしを思い出してくれます……たとえどこにいようとね」あの四輪馬車の切り絵が入った象牙色のカードへと視線をさまよわせ、「ときおり、気の毒なジョージのことを考えたりもしますのよ」と彼女は生真面目に言った。「主人の兄で、ほんとにすさんだ生活を送った人なんですけれど、いつぞやあのすばらしいカードを送ってくれたので、ほかのものと一緒に取ってありますの。何といっても、人はみな寛容な心を持たなくてはね。とりわけクリスマスには……」

荒れ野をとぼとぼもどりはじめた四人の男たちの中で、バシー警視はひとり嬉々としていた。

「これで一件落着ですな。謎がきれいに解けて、あとはこっちのものですよ。気の毒なノークスの爺さんを死なせた二人の悪党を訴えてやれます。まったく、キャンピオンさんがここにおられたのはちょっとした幸運でした」警視は鷹揚にそう言い添えると、ガボガボ音をたてて泥道を進んでいった。「そのご老女はちょっと自分を元気づけてただけなのに、巡査、きみはそいつを真に受けちまったんだな？　いや、気にすることはない。べつだん害はなかったのだし、それには誰でも騙《だま》されたろう。これを今後の教訓にすることだ。経緯はだいたい想像がつくよ。きみはクリスマスの朝に死人の話なんぞで、ご老女をわずらわせたくなかったから、たしかにクリスマスカードが届いているのを見て、それ以上は追及しなかった。ところが結局、きみの早合点だったんだ。人生ってのはそんなものさ」

警視は若者をせきたてて一足先に進ませ、キャンピオンのそばにやってきた。

「それにしても、あなたがどうして真相に気づかれたのかさっぱりわからんのですがね」彼は打ち明けた。「どこから思いついたんですか？」

「じつはね、読んだだけなんだ」キャンピオンは申し訳なさそうに答えた。「カードの封筒は残らず時計のうしろに押し込まれ、先っぽが少しだけ飛び出していた。いちばん上のやつには半ペニーの切手が貼られていたから、どういうことかと消印をのぞいてみたんだよ。すると一九一四年（第一次世界大戦勃発の年）のものだった」

バシーは声をあげて笑った。「なるほどね」それからくすくす笑い、「とはいえ、容易にはご自分の目が信じられなかったでしょう」

「ああ……」薄暮《はくぼ》の小道にキャンピオンの声がやるせなげに響いた。「たしかに、警視、そこがむずかしいところだったよ」

やがて彼らは小道の終点に着き、黙りこくって歩を進めていたサー・レオが最後に通りへよじのぼった。彼はしばし気遣わしげに村のほうに目を向けたあと、そっとキャンピオンの肩に手を触れた。

「あれを見たまえ」

一人の女が急ぎ足でこちらへ向かい、そのかたわらを、小さな丸々とした子供が期待に満ちた足取りでちょこちょこ突き進んでくる。二人はそそくさと彼らのわきを通りすぎ、踏越し段のまえで立ちどまった。

女が男の子を抱きあげて小道におろしてやると、サー・レオはふうっと長いため息をついた。

「ではお茶会は本当にあったのか」彼はぽつりと言った。「いや、よかった。なあ、キャンピオン、わたしはここまでもどる道中ずっと、それが気になっていたんだよ」

マージェリー・アリンガムを偲《しの》んで

アガサ・クリスティ

A Tribute by Agatha Christie

探偵小説の作者は、他人が書いた探偵小説を読むものなのでしょうか？　これはわたしがしじゅう投げかけられる質問です。わたしの見るかぎり、答えは——「ええ、読むはずですよ」

まず第一に、探偵小説の作者はあきらかに探偵小説が好きだから。そうでなければ、わざわざそんなものを書いたりはしません（探偵小説はじっさい、ひどく手間のかかるものなのです）。そして第二に、内容の重複を避けるには、この分野の動向を知っておく必要があるからです。恋愛小説ならば、同じ話が二度——あるいは六度でも——書かれたところで、とくに目立つことはないでしょう。けれどもある殺人について、二人の人間が同じような名案を思いついたら、読者から苦情が相次ぐこと必至です。

ですから本当は、「あなたは自分が読んだ探偵小説をどれぐらい憶えていますか?」とでも質問すべきなのです。

記憶に残る作品はあまり多くはありません。そしてその点、マージェリー・アリンガムはだんぜん群を抜いています。とにかく彼女が書くものには明確な形があるのです。人々、彼らのキャラクター、そして彼らが行動し、日々をすごす場のたいそう独特な雰囲気。いずれも二度と同じものはなく、一作ごとに独自の背景が描かれています。

読者はときに、ファラデイ家の大叔母様が君臨するヴィクトリア時代さながらのケンブリッジにいざなわれるでしょう(『手をやく捜査網』)。またべつの作品(キャンピオン・シリーズ長編第六作『幽霊の死』)では、芸術家と画家の世界が描かれ——そこでは死した大画家が重要な役割を演じます。ちょうどイプセンの『ロスメルスホルム』では、亡き妻がその破壊的な存在感で劇中の支配的キャラクターとなっているように。

そうかと思えば、読者はオートクチュールの世界——繊細きわまるドレス、モデルたち、ショールームや工房の裏側のドラマの只中に放り込まれるのです。*The Fashion in Shrouds*(キャンピオン・シリーズ長編第十作『屍衣の流行』)というのはうまい題名ですね——舞台裏に死の影がちらつくのが感じられて。

さらに、後期の *More Work for the Undertaker*(未訳)では、高尚で知的な変わり者の家族、パリノード一族が登場します。彼らはひどく突飛な、作り物めいたキャラクターでありながら、オックスフォード・ママレードの瓶と同じぐらいたしかな存在感があります。全体的には信じがたい部分があるとしても、ここに描かれたロンドンの一角——いくつかの通りと、ジョージ王朝時代の建物が立ち並ぶ広場は、あらゆる要素が内包された、完全なひとつの世界となっているのです。

思うに、それこそマージェリー・アリンガムならではの特徴——幻想性と現実感の混在する味わいでしょう。そして彼女には、普通はあまり探偵小説とは結びつけられることのない、もうひとつの資質があります。つまり優雅さ。優雅な作風は、近ごろではめずらしくなりました。ヴァージニア・ウルフ、エリザベス・ボウエン……ほかにはあまり思い浮かびません。繊細な感性で選び抜かれた言葉が使われることの何と少ないことか。

わたしはマージェリー・アリンガムとはほとんど交流がありませんでした。どちらも〈探偵作家クラブ〉の会員でしたから、何度かその会合で顔を合わせたものの、彼女がクラブの晩餐会に出席することはあまりなかったのです。

彼女の人となりをまったく知らないと言えばそのとおりで、その分、わたしは彼女に興味を覚えています。なぜなら人はえてして、一度でも会ったことのある相手の人柄を多少は知っているつもりになるものですから。彼女は内気には見えませんでしたが、あんがいそんなところがあったのかもしれません。気さくに話し、微笑み――感じのいい人でした。

けれど彼女の著作には、それよりはるかに多くの面がありました。わたしは彼女がおおむね英国東部地方《イースト・アングリア》の田舎で暮らしていたということ以外、私的なことはほとんど知りません。とはいえ、彼女のペンからいとも巧みに生み出された言葉の数々でしか彼女を知らないことを、むしろ嬉しく思います。そこに彼女の興味深い個性が凝縮されているように見えるからです。

たしか、*Police at the Funeral*（『手をやく捜査網』）が最初に読んだ彼女の本で、いい作品だと思いました。ほかにも初期のものをいくつか読みました。*The Crime at Black Dudley*（未訳）……*Sweet Danger*（『甘美なる危険』）。どちらも少々メロドラマじみた〝手に汗握る〟筋立てで、まずまずではあるけれど、まだあまり現実感はありません。そのあと出会った*Death of a Ghost*（『幽霊の死』）を、わたしは今でも彼女の最高傑作だと考えています。なにしろ例の美術商から、哀れな秘密を抱えた自堕落なミセス・ポッター、さらには何とも魅力的な〝愛しきベル〟に至るまで、あらゆる登場人物が異彩を放っているのです。

以前は、マージェリー・アリンガムはドロシー・セイヤーズの変名ではないかと考えたりもしました。初期のアルバート・キャンピオンはピーター・ウィムジーに似ていなくもなかったので。けれど、その類似は長くは続きませんでした。アルバート・キャンピオンはピーター・ウィムジーとはまったく異なる成長をとげ、マージェリー・アリンガムの文体と作風も、ドロシー・セイヤーズのそれとはまったく異なる成長をとげていったからです。彼女の作品は、しだいに難解な癖の強いものになるいっぽうで、冗長な描写が減り、より面白くなったように思えます。

ただし、アリンガム女史が第二の主役として送り出したルーク警部のほうは、どうも成功したとは言いがたい気がします。作者の懸命の努力にもかかわらず、結局のところ、ルークはあくまでせわしないヴァイタリティーの塊《かたまり》で——驚くほど思考力に欠けたままでした。

彼が登場するふたつの作品、*The Tiger in the Smoke*（『霧の中の虎』）と *Hide My Eyes*（『殺人者の街角』）——とくに後者——は非凡なサスペンスで、悪の臭いすら嗅ぎとれそうなみごとな雰囲気がしだいに高まってゆきます。まさに「〝親指のうずき〟で、何か邪悪なものがひたひたと近づいてくるのが感じられる」（元は『マクベス』第四幕一場の魔女のせりふ）といったところでしょう。しかし、ここでもルークはぶんぶんエネルギーを放ちながら飛びまわるものの、わたしたち読者が極上の作品へのしかるべき感謝を抱くのは執筆者の女性に対してなのです。

もう彼女の新作を楽しみに待つことができないとは、何と悲しいことか。刊行時のみならず、何度も何度も読み返し、そのたびに新たな楽しみを得ることができなくなってしまうとは。

おみごと《ブラヴォー》！　マージェリー・アリンガム、あなたの仲間の作家たちは決してあなたを忘れないでしょう。

控えめなれど芯が強く、真摯《しんし》だけれど遊び心も十分
――〈英国紳士〉という形容が、実にしっくりとくる
名探偵アルバート・キャンピオン

川出正樹

「ジーヴズ、ちょっとした問題が発生した」
「お気の毒さまでございます」

P・G・ウッドハウス「ジーヴズとグロソップ一家」

「これはいったい、災難だったのだろうか。それとも愉快な経験だったのだろうか」

林望『ホルムヘッドの謎』

ほっそりとした肩にひょろ長い足、ばかでかい角縁《つのぶち》眼鏡に青白い顔。そんな、どこか頼りなげな風貌の下に冒険心と洞察力を秘めたアルバート・キャンピオンは、普段は物腰柔らかく態度も控えめだけれども、いざという時には身の危険を顧みず渦中に飛び込み、機略を巡らして

トラブルを収束します。

彼は、尊大なスノッブには辛辣《しんらつ》に、卑劣な悪漢には勇敢に立ちむかう一方、女性に対しては、いかに性格に難ありといえども厳しく出られません。そして結構気が多い（独身時代の話です、念のため）。控えめなれど芯が強く、真摯だけれど遊び心も十分。〈英国紳士〉という形容が、実にしっくりとくる名探偵なのです。

そんな彼の活躍譚《たん》を集めた日本オリジナル短篇集《キャンピオン氏の事件簿》も、本書『クリスマスの朝に』で三巻目。先に出た二巻――『窓辺の老人』と『幻の屋敷』――は、一九三〇年代後半から五〇年代半ばにかけて書かれた作品の中からほぼ発表順に、それぞれ七作と十一作の短篇に加えてエッセイを一本ずつ収録していますが、今回は趣《おもむき》を変えて、同じ地域を舞台にした長めの中篇「今は亡き豚野郎《ビッグ》の事件」と短篇「クリスマスの朝に」を選出、併せてアガサ・クリスティによるアリンガム追悼文「マージェリー・アリンガムを偲《しの》んで」が収められています。このうち中篇と追悼文は本邦初訳、短篇も六十年近く前に雑誌に掲載されたきりだったもので、面白いだけでなくとても意義深い作品集に仕上がっています。

それでは、各作品について見ていきましょう。まずは「今は亡き豚野郎《ビッグ》の事件」から。

時は一九三六年一月十一日土曜日。お話は、アルバート・キャンピオンがベッドで朝食をとっているかたわらで、従僕のラッグが《タイムズ》紙を読み上げているシーンで幕を開けます。最近パブで出会った近侍《きんじ》の顰《ひそ》みに倣って朗読を始めたラッグですが、文学づいた記事は趣味に合わず、唯一関心のある死亡欄しか読み上げません。

　そんなはた迷惑な行為を聞き流して、その朝届いたやけに美文調で綴《つづ》られた匿名の手紙に心を奪われていたキャンピオンですが、故人の名がR・I・ピーターズだと言われて、一転、猛烈に興味を覚えます。というのも当の死者は、小学校時代にキャンピオンと仲間たちをいじめ抜いた豚野郎《ビッグ》ピーターズだったからです。当時、〈不正〉や〈悪魔〉や〈ラテン語の課題〉に匹敵する忌《い》むべきものの象徴だった豚野郎《ビッグ》に対して、「おまえの葬式にはかならず行くと言ってやった」キャンピオン。匿名の手紙が、思わせぶりな文章でピーターズの死に触れていたことも偶然の一致とは思えず、葬儀に参加すべく、急遽《きゅうきょ》ラッグを従えて愛車ラゴンダを駆り、ロンドンから八十マイル離れた東サフォーク州キープセイク村近郊の寒村テザリングの教会へと旅立ちます。

　そこで、そぼ降る雨の中、わずかな参列者の中に小学校時代の後輩ウィペットを見つけたキャンピオンは、彼もまた匿名の手紙を受け取っていたと告げられ驚きます。そしてロンドンに帰ってからも、豚野郎《ビッグ》の忌まわしい記憶がよみがえったことに苛立《いらだ》つキャンピオンですが、やがてすっかり忘れてしまいます。

　ところが六月のある日、かねてから昵懇《じっこん》にしているキープセイク居住の陸軍大佐レオ・パースウィヴァントからの救援要請に応じて、彼が暮らす屋敷〈高潮亭《ハイウォーターズ》〉を訪れたことで、キャンピオンは再び豚野郎《ビッグ》ピーターズに関わる羽目に陥ってしまいます。というのも、地元の警察本部長を務めるレオに連れられて警察署に赴いたキャンピオンを待っていたのは、五ヶ月前に死んだはずの豚野郎《ピッグ》の死体だったのです。しかも、死後せいぜい十二時間とたっていない、死にたての。

かくて、俗世の喧噪を逃れた田園地帯のパラダイスとでも言うべきキープセイク村に建てられたカントリーハウス〈千鳥足の騎士団《ホルト・ナイツ》〉を舞台に、キャンピオンは、〝二度死んだ男〟の謎に挑むことになります。

アルバート・キャンピオンが活躍する冒険譚中、唯一、キャンピオンの一人称で語られるこの作品からは、普段はっきりと語られることのないキャンピオンの人生観や自己評価、ラッグを始めとする周りの人々に対する感情などがストレートにうかがえて、大変、興味深いです。

例えば、自らの探偵としての力量に関しては、「残念ながら、わたしは頭脳明晰な探偵たちの一人ではない。計算機のような頭を働かせ、個々の事実をその場できっちり理解しながら仕事を進めてゆくことなどできない。むしろズダ袋と先のとがった棒を持った廃品回収業者に似ている。目につくかぎりのガラクタをひろい集め、昼休みに袋の中身を空けてみるのだ」と冷静かつ客観的に評価し、捜査の序盤で事件を軽く見ていたミスを振り返っては、「ロンドンからやって来たお利口な若い紳士は、真の罪人がすでに死体置き場におさまっている、そこそこ刺激的で文明的な謎解き《ミステリー》を無邪気に期待したというわけだ」「のどかな田舎の空気が脳にまで達していた証拠だ」と自嘲《じちょう》混じりに反省します。

もっとも、この内省自体が、作者アリンガムの自信の裏返し、即ち、当時巷《ちまた》に溢れていた、英国の田舎の屋敷を舞台に名探偵が謎を解くステレオタイプな作品とは、ひと味ちがうわよ、という宣言にもなっているところがミソです。

さらに、主人公の一人称を採用したことで、謎解きミステリとしての面白さに加えて、ユーモア溢れる冒険譚としての側面が、より際立っている点も素晴らしい。なにしろ幕開けからして、「つねづね考えているのだが、自伝的な記述をするさいに肝要なのは、下手な謙遜で話を台なしにしないことだろう」「これはこのわたし、アルバート・キャンピオンの冒険譚であり、わたしがその冒険にさいしてまずまずあっぱれな活躍をしたことは疑う余地もない」「とはいえ親愛なるラッグともども、あやうく殺されかけたのは事実で、今でもそれを考えるたびに、耳元で天上のハープの五重奏が鳴り響く」という調子で、まさにP・G・ウッドハウスが生んだ不世出の名コンビ、バーティ・ウースターとジーヴズの愉快痛快な活躍譚を彷彿《ほうふつ》とさせます。また、ラッグがご主人様に対して「どうしてお上品な区域に静かな部屋のひとつも借りて、爵位のある親戚がぽっくりいくのをポーカーでもしながら待てないんです？　それが紳士ってもんでしょうが」と呆れてみせるところなどは、思わずくすりとしてしまいますが、この嘆きが同時に、アリンガム自身も含めて上流階級出身の素人探偵を数多《あまた》徘徊《はいかい》させていた当時のイギリス・ミステリの状況を皮肉ったものである点も見逃せません。マージェリー・アリンガム、実は結構人が悪いんじゃないかしら。

閑話休題。この中篇の、もう一つの大きな特徴は、アリンガム作品には珍しくかっちりとした謎解きミステリに仕上がっているところです。アガサ・クリスティ、ドロシー・L・セイヤーズ、ナイオ・マーシュと並んで、英国四大女流ミステリ作家の一人に列せられるアリンガムですが、他の三人と異なり、オーソドックスな謎解きミステリというものをほとんど書いていません。アルバート・キャンピオンものだと、短篇を除くと『手をやく捜査網』くらいしかないのです。先に引用した「残念ながら、わたしは頭脳明晰な探偵たちの一人ではない」云々というキャンピオンの述懐は、アリンガム自身の興味のありようを主人公の口を借りて語らせたものでもありましょう。では不出来なのかというと、決してそんなことはありません。読者の目を真相からそらせる手際は堂に入ったもので、特に、匿名の手紙の差出人と目的が判明するシーンでは、思わず膝を打ちました。

キャンピオンが呟《つぶや》く幕切れの一言もきれいに決まった、読んでいて実に気持ちの良いこの中篇「今は亡き豚野郎《ピッグ》の事件」は、一九三六年に、敬愛する父ハーバート・ジョン・アリンガムが突然亡くなってしまった悲しみを紛らわすために書いた作品だ、とアリンガムは語っています。父を失う前に発表された『判事への花束』（一九三六）と、本書の次に書かれた『クロエへの挽歌』（一九三七）が、シリアスかつ重厚であるのに対して、初期作品に帰ったかのようなユーモア色の強い謎解き冒険譚に仕上がっているのは、そのためでしょう。

書籍としては、一九三七年の五月（未詳、六月というデータもあり）に、ホッダー・アンド・スタウトン社によるNEW-AT-NINEPENCE Illustrated Thrillersというシリーズの一冊として刊行されました。この叢書《そうしょ》は、総ページ数百二十ページ前後の長めの中篇を、大型ペイパーバックという特殊な判型を採用することで、定価を当時のハードカバーの約十分の一程度の九ペンスに抑えているのが特徴で、カーター・ディクスン『第三の銃弾［完全版］』など全部で十二冊が同年中に刊行されました。

それと前後して六月に、アリンガム作品のアメリカの版元であるダブルデイ社から刊行された著者初の作品集 *Mr. Campion: Criminologist* に、キャンピオンものの短篇六作とともに収録されました。この二冊の刊行年月に関しては諸説あり、残念ながら初出を確定することはできませんでしたが、まずホッダー・アンド・スタウトン社、次いでダブルデイ社の順だと思います。その根拠は、作品集刊行直前の一九三七年四月までに発表されたキャンピオンものの短篇全六作と併せて一冊の本とすることで、ハードカバーとして出版するには短すぎる「今は亡き豚野郎《ピッグ》の事件」をアメリカで出せるようにしたのではないか、と推測するためです。

ちなみに『クロエへの挽歌』の刊行も一九三七年五月なので、「今は亡き豚野郎《ピッグ》の事件」とどちらが先に出版されたのかは断定できないのですが、前者が、一九三七年七月の事件を後者が同年の一月から六月の事件を扱っているため、恐らくは「今は亡き豚野郎《ピッグ》の事件」『クロエへの挽歌』の順番で書かれたのだろうと思います。

なお本作は一九八九年にBBCが制作したTVドラマ *Campion*（邦題「紳士探偵キャンピオン」）の第一シーズン第三エピソードとして映像化されました。

さて、「今は亡き豚野郎《ピッグ》の事件」から十数年後、キープセイクにある別の村ベンサムで降誕祭の朝に起きた不思議な謎をキャンピオンが解き明かす「クリスマスの朝に」は、クリスマス・ストーリーの伝統に則って綴られた心温まる奇跡の物語です。

話は、レオ・パースウィヴァント邸で催されたクリスマス・パーティに招待されたキャンピオンが、贅《ぜい》を尽くした午餐《ごさん》の後に主《あるじ》からクリスマスの悲哀について語られているところに、地元署の警視が訪れてきたシーンで幕を開けます。

みぞれが降りしきるクリスマスの日に、この招かれざる訪問者がもたらしたのは、十字路で車に撥《は》ねられたと思《おぼ》しき年老いた郵便配達夫の死に纏《まつ》わる〝正真正銘の神秘的な事件《ミステリー》〟でした。ぼやくレオともども、天地のすべてが灰色の凍《い》てつく冷気に包まれ、ただ荒寥《こうりょう》たる冬景色だけが広がる現場を訪れたキャンピオンが目にしたものは……。

家族の絆《きずな》を信じ、孤独というものに我慢がならない老人レオ。心優しく感傷的な彼のキャラクターが、クリスマスの奇跡というテーマと密接に連関し、哀感が漂う人の世に灯《とも》る小さくも暖かな火のありがたさをしみじみと味わわせてくれる珠玉《しゅぎょく》の短篇です。

アルバート・キャンピオンものには、本作以外に四篇のクリスマス・ストーリー――The Case of the Man with the Sack、「聖夜の贈りもの」「聖夜の言葉」「やどり木の殺人」――がありますが、その中でも最上の一篇だと思います。

初出は、一九五〇年十二月二十三日の〈イヴニング・スタンダード〉紙で、その後米国版〈エラリー・クイーンズ・ミステリ・マガジン〉の一九五三年一月号に再録、〈ウーマンズ・ウィークリー・フィクション・スペシャル〉誌の二〇〇一年十二月・二〇〇二年一月合併号に再々録されました。日本には、〈エラリイ・クイーンズ・ミステリ・マガジン〉の一九五八年十二月号で、村上啓夫の訳により初紹介されています。

マージェリー・アリンガムの書籍としては、一九六三年にイギリスで編まれた初のオムニバス本 *The Mysterious Mr. Campion* のみに収録、ちなみに同書には「今は亡き豚野郎《ビッグ》の事件」も収められています。ショーン・マンリーとゴウゴウ・ルイス編 *Christmas Ghosts*（1978）とシンシア・マンソン編 *Mystery for Christmas*（1990）の二冊のクリスマス・アンソロジーにも採られました。

巻末に収められたアガサ・クリスティによるアリンガム追悼文「マージェリー・アリンガムを偲んで」は、一九六六年にアリンガムが亡くなった際に書かれたもので、一九八九年にJ・E・モーパーゴが編纂《へんさん》した第八短篇集 *The Return of Mr. Campion* の巻頭に再録されました。「幻想性と現実感の混在する味わい」こそがアリンガムならではの特徴であり、「繊細な感性で選び抜かれた言葉」を使った「優雅な作風」に対する憧憬と賞賛を素直に述べた文章からは、アリンガムの描き出す世界をいかにクリスティが愛していたかがしっとりと伝わってきて、改めてアリンガム作品を読み返したくなります。

アルバート・キャンピオンが活躍する短篇三十二作のうち十九作が、《キャンピオン氏の事件簿》として纏《まと》められました。残りは未訳六作と既訳七作です。これらを収めた第四短篇集及び未訳長篇作品の紹介と新訳再刊を願って、筆を擱《お》きたいと思います。

検　印
廃　止

訳者紹介　慶應義塾大学文学部卒。英米文学翻訳家。アリンガム『窓辺の老人――キャンピオン氏の事件簿Ⅰ』，ブランド『薔薇の輪』『領主館の花嫁たち』，ヘイヤー『紳士と月夜の晒し台』，グラベンスタイン『殺人遊園地へいらっしゃい』など訳書多数。

クリスマスの朝に
キャンピオン氏の事件簿Ⅲ

2016年11月30日　初版

著　者　マージェリー・アリンガム
訳　者　猪《いの》俣《また》美《み》江《え》子《こ》

発行所　(株)東京創元社
代表者　長谷川晋一

162-0814/東京都新宿区新小川町1-5
電　話　03・3268・8231-営業部
03・3268・8204-編集部
URL　http://www.tsogen.co.jp
振　替　00160―9―1565
フォレスト・本間製本

ISBN978-4-488-21006-9　C0197